小吵鬧

撒空空—著

好讀出版

我愛你，你不知道沒關係
我對你的愛，由我自己來守護就好
這樣，就不會被任何人破壞了，哪怕是你……

小吵鬧 1

目次

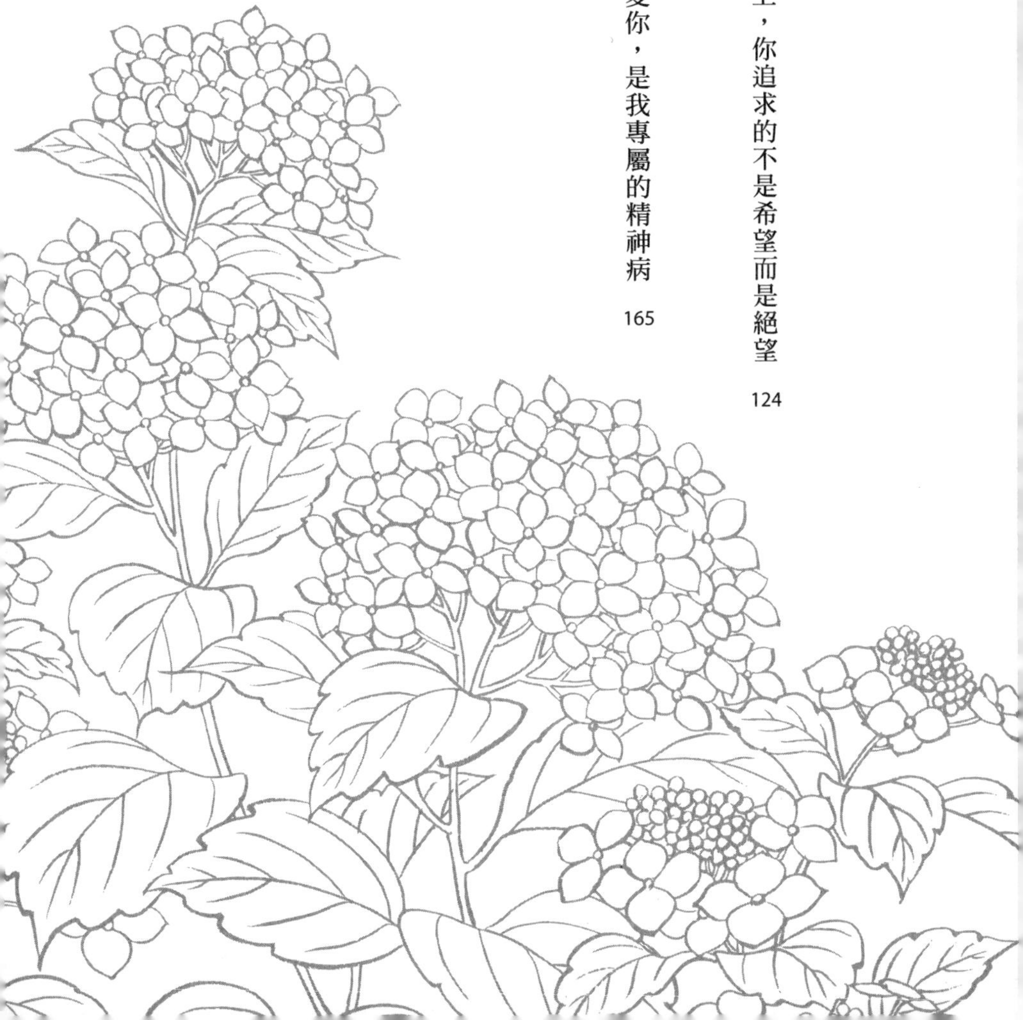

Chapter One

多好的一個男人，可惜不是我的

婚宴開始前半小時，我先後在洗手間接到兩通電話——一是遠在萬惡資本主義美國的閨中密友譚唯一，二是遠在北京的譚瑋瑋。

唯一劈頭第一句話便是：「大綺，你是想找滅嗎！」那聲音，夠冷豔，夠御姐。

我呵呵一笑，道：「我說唯一啊，姐姐我活了二十多年，好不容易結一次婚，再怎麼樣你也得說句好聽的呀。」唯一這孩子，肚裡的腸子如高速公路般筆直通暢，從小就這樣，當年讀書時完全沒少得罪人，要不是我發揮高度的同學愛幫她擋下來，這孩子那張漂亮臉蛋可就沒了。

唯一直接「呸」了一聲，繼續嗆我：「大綺，我告訴你，別折騰自己。你不心疼，我們看了心疼。」我就不明白了，我這是結婚，又不是跳火坑。

唯一那邊滿吵的，遠近的汽車喇叭聲滴滴篤篤，看來老美那邊路面交通狀況也不太樂觀。她的聲音順著喇叭聲傳來，鬧得我耳根疼：「大綺，趕緊給我取消婚禮！」我說：「親愛的，我們這兒又不是西方，我和他一個星期前就先登記結婚了，現在就算我跑了也沒用。」唯一那邊沉默了，當然也不算是絕對的沉默，因爲她那兩排小貝齒在咬著呢，咯吱咯吱的。

我不再跟她逞嘴舌，道：「唯一，我沒事，眞的，反正我也不愛他。」唯一繼續沉默，沉默到我開始心疼起電話費時，她低吼了一句：「大綺，你他媽要後悔的！」說完，電話就斷了。

沒幾分鐘，輪到唯一她哥譚瑋瑋打來了。

不同的是，這位是眞正的冷豔，舉著電話也不出聲，就聽著他的呼吸聲，吸呼吸呼吸吸呼，等得我眼線都有點糊了，他才開口問了一句：「你決定了？」

我覺得這年頭的電視劇害人不淺，完全不顧東方人的國情，弄得大家也習慣性以爲臨到婚宴時反悔還有用。退個幾萬步說，就當我腦子養金魚、被電給電暈了、手拿菜刀砍電線要悔婚，在這個節骨眼上，撒開四蹄跑去衣索比亞也沒用，民政局的戶政資料照樣顯示我是一已婚少婦。

因此，我回覆譚瑋瑋的只能是兩個字：「是的！」他沒再跟我廢話，直接掛了電話。

爲避免再有人來打擾，我直接關機。

出洗手間前，照了照鏡子，看著裡面那個一副精緻妝容、身著白色婚紗的女人，我輕聲道：

「反正，我也不愛他。」

新郎、新娘的工作，就是站在宴客酒店門口，朝每一位來吃喜酒的賓客傻笑，就像我和身邊那個男人現在做的事一樣。

男人身著英國手工西裝，熨燙舒適，一身的斯文淡靜，像雲般悠然，只是沒有那番「採菊東籬下，悠然見南山」的心思，但也不至世俗，只於清幽中顯出沉穩可靠；這就是我新婚一個星期的丈夫——唐宋。

婚禮的排場頗爲盛大，包下了城市裡最好的五星級酒店，宴會大廳上下兩層樓三百餘桌坐得滿滿的。酒店外，悍馬、寶馬、賓士、奧迪、法拉利、藍寶堅尼各式名車霸氣地停了一整排，確實有那麼一點烈火烹油、鮮花著錦的華麗腐敗感。

三月的天氣，空氣冷絲絲的，恰遇風吹來，光潔的肩膀起了一層雞皮疙瘩。唐宋細心，細緻眼眸一掃，在我耳邊低聲問道：「披件外套吧。」聲線乾淨，略爲慵懶，低低地附著在耳道內，揮不去的感覺；果然紳士風範，多好的一個男人，可惜，不是我的。

賓客坐定，婚禮開始前，我先進新娘休息室補點妝。門未關嚴，被風吹動，不停開闔。幅度雖小，但外面繁鬧景致時而出現時而靜止，看著看著，有身陷夢境之感。正撲著蜜粉，門外傳來兩道低聲竊語——

「哎喲，看這陣仗可眞不得了，錢可是嘩啦啦地撒出去了。」

「又不虧，你沒看這些人包的禮金，起碼好幾位數起跳，排場擺個多少倍都能賺回來。」

「這新郎家裡可是大有來頭，他老爸是成都軍區副司令，他老媽一家都待在部隊，背景硬。不過新娘也不差，外公以前是市委副書記，退休之前把家裡人該安排的都安排好了，現在照樣有影響力；新娘的爸爸現在是教委副主任，正年輕，日後還能再往上爬。」

「不過，聽說新郎在結婚前有個女朋友，兩人感情滿好的，但那女的家裡是普通家庭，新郎這邊死都不同意她進門，結果最後還是分手了。」

「可不是嘛，他們這種人家的孩子，在外面可以隨便玩，但結婚時一定要求門當戶對。」

這些竊竊私語八卦歸八卦，但和事實也相差不到哪裡去。我沒多說什麼，倒是造型師聽了尷尬，趕緊過去把門關上。

未幾，婚禮開始。排練了整整三天，自然沒出任何紕漏。音樂聲響起，我走上正中央的白色T型舞臺，在漫天的白玫瑰花瓣下走向唐宋——唯美，夢幻，卻虛假。

他微笑，唇邊有淺淺梨渦，但眼底沒有纖毫幸福，有的，只是一些我看不清的東西。他握著我的手，掌心溫熱，但或許是戴著手套，那熱隔了一層，變得有點模糊。

主持人正激情萬丈地說著一些祝福的話。

唐宋爲我戴上了戒指，蒂芬妮，三克拉，圓形主鑽配梨形側鑽，璀璨奪目。接著，我們一起向父母敬茶，雙方皆大歡喜。起身時，戒指上的冷光一閃而過，刺得我眼眸有些痛。

婚宴上華麗的繁鬧像舊時豔光那般從水面掠過，靜幽幽地也就過去了，待回過神，人已在新房裡；當然，是和另一位主人唐宋一塊兒。

幸好，婚宴前雙方家長擔心的事都沒發生——因爲有六個得力的伴娘，我基本上在新娘休息室待了一整個下午，根本不累；另一方面，因爲有六個得力的伴郎，唐宋基本上沒喝多少酒，根本沒醉；再另一方面，唐宋也沒臨時反悔，不像釋迦牟尼大叔在菩提樹下悟道成佛那般，於婚禮上頓悟，拋下眾人，立刻飛到大不列顛及北愛爾蘭聯合王國，尋找自己那段始於幼苗般鮮嫩的少年時期戀情。

新房位於北山半山腰別墅群中的某幢兩層樓小別墅，是唐宋父母二話不說所送的結婚禮物，裝潢全按照我們的喜好。不過，唐宋對這房子的裝潢興趣，就如同我外公對白菜一把多少錢那樣絲毫不感興趣，因此到最後，全由我一個人做主。但外公對白菜一把多少錢不感興趣，是因爲他老人家討厭吃大白菜；而唐宋對這房子的裝潢不感興趣，是因爲他根本不把這裡當自己的家，大概，也沒把我當老婆。

新房裡，我最喜歡的是那款超大豪華雙人衝浪按摩浴缸，躺在裡面，任熱水包圍著自己，一整套泡泡浴比一口氣吃了三隻大閘蟹還通體爽快。泡完澡穿上衣服，我把兩隻耳朵貼在門上，確定一下外面沒別人——幸好，唐宋那群哥兒們兄弟沒來鬧洞房，但，新郎沒鬧已是千幸萬幸。

耳朵都貼涼了，也沒聽見唐宋發出任何聲響，心裡有點寂寥。

不再耽擱，開門，用我那跨著拖鞋的兩大腳丫往臥室一衝，沒想到，卻看見這樣一幅畫面——唐宋坐在大理石窗臺上，單腿微曲，單腿置地，髮絲微亂，手中一瓶威士忌，慢斟慢飲，那涼涼的小眼神就這麼瞅著天空，深得很。

話說，婚禮過後沒幾天，譚唯一居然從美國搭飛機回來了，聽我這麼一說，她當即一掌拍向玻璃桌，叱道：「唐宋怎麼能這樣！好個有婦之夫，居然在新婚之夜扭著脖子瞅著英國那方向，完全沒把你這個和他落在同一戶口的人放在眼裡。你怎麼沒衝過去把他壓在床上，就地正法呢？」

我梗著脖子，飄去一個鄙視的小眼神：「你以為我不想？關鍵是，我有賊心沒賊膽啊！」

當時的情況是——我看得有點呆，呆了之後就往前一邁，這一腳邁得很不好，那雙賊毛賊毛的拖鞋沒省悟過來，腳趾沒能好好夾住，「啪嗒」一聲甩落在木頭地板上。就這麼輕悠悠的一道聲響，居然也能將唐宋那遠在大不列顛及北愛爾蘭聯合王國的思緒，「叮」的一下扯了回來。他這一回神，立刻用秋水般的眸子看著我，那眼神，深得很。

唯一又插嘴了：「洞房花燭夜，豺狼甦醒時啊！」我糾正：「人家唐宋不是豺狼。」唯一輕渺渺地瞅我一眼：「大綺啊，做人要有點自知之明，我說的豺狼是指你。」不得不承認，唯一的眼光確實毒辣。當時，我這條母豺狼確實動了點點凡心，那亮晃晃的涎水差點就從獠牙邊邊溢流出去了。

唯一拿起海尼根，仰頭灌了一口。眾家啤酒，她獨愛這個牌子，口感甘醇平滑，曾有一次和我對乾二十多瓶，兩人都醉暈了，最後是她哥譚瑋瑋把我們撈回家的。

這邊正想著譚瑋瑋，他妹譚唯一居然朝包廂裡正在唱歌的那群人，小母狼似地吼了一聲：「都給我小聲點，沒看姐姐我正在對這名少婦進行新婚指導嗎！」

唯一總算不失大姐大的威風，那群人的聲音小了點，有個頭頂五彩刺蝟頭、貌似被法師開過光的非主流十七八歲小男生，正表情扭曲、內心痛苦地低聲吼唱著靡靡神曲。我咧開一排溜光的小門牙，樂了，問唯一：「你從哪兒弄來這麼一群孩子？」唯一揮揮手，解釋再簡潔不過：「我表妹生日，我這做表姐的請她跟她朋友一起唱歌。誰知道，她居然招了這麼一群朋友來，實乃家門不幸。」

此時，那活像被法師開過光的孩子又拿著麥克風，開始高聲吼唱了起來——「當初是你要分開，分開就分開，現在又要用眞愛，把我哄回來。」吼得個心裂膽撕，活脫脫一名大情聖。

唯一跟我坐不住，溜了出來，來到附近的「和家私房菜館」。

和家私房菜是老字號，全國各地都有分店，主營川菜系，那味道，確實霸道。這間是新開幕的，裝潢風格雅致，又透露著一股乾脆爽辣，無形地勾著人胃裡的那點饞蟲。

唯一跟我就是兩個貪吃的傢伙，點了一大桌子菜——辣子雞丁、雞胸肉切丁加入豆瓣醬、辣醬、乾辣椒，色澤油亮，再配上綠油油青蔥丁，香辣可口。麻辣小龍蝦、鮮美小龍蝦加入特製辣醬，表色紅亮，肉質白嫩鮮美，香辣鮮濃。麻婆豆腐、石膏豆腐細嫩清香，佐以薑、蒜、蔥、花椒、肉末，無愧於「麻、辣、燙、香、酥、嫩、鮮、活」八字箴言。水煮肉片、鮮辣紅湯汁液濃郁，肉質軟嫩。最後一道，冬菇燉雞湯紅紅綠綠，湯味醇厚，清香不膩。

當然了，嘴裡一邊吃，唯一也沒忘記最重要的八卦：「大綺，你乾脆痛快點，把新婚之夜怎麼過的說了吧。」吊人胃口久了是不道德的，我也就不繞圈子，直接把那晚的事全托了出來——

那晚啊，唐宋就用他那深得很的小眼神瞅著我，不得不說，我有點心猿了，這還沒完，他居然起身直接朝我走來，這下我有點意馬了。但不管怎麼說，還是得挺住，於是我努力梗直脖子，看著他一丁點一丁點地靠近，從社交距離二點五公尺到個人距離一點五公尺，再到小於四十五公分的親密距離。

我清楚地聞到他身上的氣味——凡賽斯香水的雲淡風輕，他就是這樣一個人，斯文淡靜到高貴的男人。他湊近，清新的美國梧桐和詭祕的白麝香瞬間包圍了我，當我浮出氣味的水面時，感受到額頭上有個輕得沒有任何慾望的吻……嗯，唐宋的唇很柔軟。然後，他說：「早點睡吧。」

唯一問：「接下來呢？」「接下來，他就拿起西裝出門了。」說完，埋頭繼續肆虐我的龍蝦。確實，新婚之夜一整晚唐宋都沒回來。

半晌，聽見坐我對面的唯一一聲冷笑：「大綺，你以後還會更受罪。」「沒問題的，」我看著自己碗裡那隻鮮亮的小龍蝦，又道，「反正，我也不愛他。」唯一正要鄙視我，卻聽見隔壁桌傳來了對話聲——

「喂，唐宋那小子，新婚之夜眞的跑出來了？」

「可不是。開著小車，喝著小酒，回著小憶，一溜煙跑到他們高中學校操場上去坐。還想著范韻呢！」

「聽你這話，他什麼時候忘記過？」

「那，他家新婚夫人沒鬧？」

「沒什麼動靜，據說頗淡定。」

「也是，他老婆看起來滿文靜的，多半心裡有數。大家各玩各的，井水不犯河水就行了。」

「欸，你說，范韻知道唐宋結婚的事嗎？」

「怎麼，你這小子想奔去英國，趁虛而入啊？」

「說這什麼話呀？」

「楊楊，這麼多年來，你對范韻的那點心思，瞞得過別人，可瞞不過我。聽我勸你一句，范韻對唐宋的感情，那是刻在骨子裡，一輩子都忘不了的。別爲了一個女人斷了兄弟情誼啊。」

這間餐廳，餐桌和餐桌之間以水晶簾子隔開，互相看不清面貌，但那兩人的聲音有點熟，再聽了那些對話，我大概猜得出，他們是我那在新婚之夜外逃的相公——唐宋的兩枚換帖兄弟和一，還有楊楊。他倆也是富家子弟，家裡都經商，我並不太熟。

坐在對面的唯一看著我，笑得叫個嫣然藏毒，意思是——「誰教你不好好珍惜自己，非要嫁，現在可好了吧。」

唐宋和范韻是高中同學，兩人從高一便在同一班，天長日久，眉來眼去，就在一起了。當時，我跟唯一正在另一班鬧得起勁，壓根兒和他們沒有往來。我們學校是俗稱的貴族學校，能進去唸書的，要嘛是家中銀子賊多賊多的，要嘛是個人成績賊好賊好的；唐宋屬於前者，而范韻屬於後者，兩人都是風雲人物。唐宋不消多說，而范韻雖然家世普通，但成績是天才等級的，雖然不是太美貌，但長年走氣質路線——夏天裡，那小長髮一披，小風一吹，小白裙一飄，還是能吸引不少眼光。

唐宋的幾個換帖兄弟也常到我們學校來圍著范韻打轉，有點模仿《流星花園》的傾向。當時，唐道明和范杉菜每天晚上自習前都會並肩坐在操場上，回想起來，俊男美女，確實是幅美景。不過，今天這麼一偷聽，赫然八卦到原來那楊澤類也暗戀范杉菜，關係還眞糾結。

這邊廂我正沉浸著，忽然聽見和一的聲音：「呀，嫂子，你怎麼也在這兒吃飯！」回過神，發現和一不知何時站到了我們桌邊，客氣殷勤得很。他招呼著：「哎呀，怎麼不提早說，還想點些什麼菜？欸，阿梅，記住，這是我嫂子，以後凡是她來，一律免費。」其間，還不忘轉過頭恭維唯一，「欸，眞是物以類聚啊，嫂子的朋友果然全是大美人，幸會幸會。」

行雲流水地讚美了唯一跟我，聽起來還眞讓人舒心。不得不承認，這和一確實是個人精，明明曉得剛才我已經聽到了他們的談話，依舊不動聲色，波瀾不驚。腦子轉了轉，這才省悟——和家私房菜。和一。啊，原來是他們家開的館子，頓時有種自投羅網的感覺。

我這邊正後悔著，唯一卻沒在怕，當即道：「喲，這位哥哥好客氣，我們家大綺人傻心又軟，最怕被人騙了，你可千萬幫忙看著點。」和一拍胸口保證：「喲，誰敢動嫂子，不等唐宋出手，我們就先把他給滅了。」那神態胡吹得跟眞的似的，活脫脫像我們已經認識了大半輩子，有夠自來熟。還沒來得反應，我身邊的小敗類譚唯一輕悠悠地開口：「我怕的，就是你們家唐哥哥爲了那什麼范韻欺負她啊！」和一裝傻充愣的本事也是一流的：「范韻？誰啊？沒聽過。」

好吧，我承認男人之間的感情果然是鋼鐵煉成的，各個都會幫自家兄弟做掩護。點到爲止就好，再深究下去也沒什麼意思，唯一開始低頭收拾起她的小龍蝦。和一也同樣見好就收，稍稍再殷勤了一下，便推託有事先告辭了。

雖然這一桌子菜免費，但唯一跟我還是吃得乾乾淨淨的，只見服務生上前來收拾時，嘴角不自覺地抽筋。

唯一跟我的大胃是被外公撐大的。外公愛好書法，是位小有名氣的書法家，唯一的父母和我們家關係很好，小時候，經常送她來和我一起練書法。練著練著天就黑了，天黑了就要吃飯，因此，唯一還滿常在我們家蹭飯的。

外公有兩道規矩，一是不浪費糧食，二是小孩子正在長大要多吃點。因此我跟唯一每餐飯都會吃上一整碗被壓得緊緊的飯，而且那飯碗大得叫它一聲碗都嫌不尊重，應該叫做缸——飯缸。

不吃肯定不行，想當年，小唯一初來乍到時還耍了傲嬌小姐脾氣，噘嘴耍任性，結果外公眼睛也不抬、眼鏡都沒閃光，直接請出我們家家法籐條伺候，一邊打唯一的屁股，一邊要我在旁背誦「鋤禾日當午，汗滴禾下土，誰知盤中飧，粒粒皆辛苦。」這經典名詩對她洗腦。

唯一跟我很像；我是說，當被打了三次、而且很確定今後還是會被打，之後她就乖乖地把自己碗裡的飯吞下去了。雖然小時候吞了那麼多，但唯一跟我的身高仍舊在一百六十公分左右徘徊，眞對不起那些飯缸級的飯。

無論如何，我們的大胃可是練出來了，只要兩個人挨在一起，當天那桌飯菜決計不可能剩下。她哥譚瑋瑋曾高度負評我倆的吃相是人類文明的一大退步。唯一對這負評頗爲生氣，小嘴在他哥面前噘了三天，不過，我倒覺得滿貼切的——個人的言行居然能影響歷史，那是多麼威武英明的一件事啊。

吃完飯，又陪唯一逛了一會兒街消化一下，逛到電子產品區時，我看著那咬缺了一口的蘋果標誌，樂了，說：「這不是你們家段又宏的最愛嗎？怎麼沒從美國替他買回來？」

唯一一聽，那巴掌小臉立刻變了色。

段又宏，是譚唯一的軟肋。段又宏是我們的大學同學。段又宏是個禍害。段先生其人很壞、賊壞、非常壞，從外表到心臟黑得很，長年走陰險紳士風，眼下有臥蠶，一笑，桃花漫天，唇薄，天生的寡情。此人對女人的態度是不主動、不拒絕、不負責；對外人的態度則分成好幾類，對幾個從小玩到大的同伴死忠得很，你捅他，他怎麼也不會回捅你；但對其他人，則儘管沒惹他，大概都會冷不防地被捅一刀。眞是個性格極度複雜的孩子，只可惜，性格再怎麼複雜都比不上他倆之間的關係複雜。

而唯一之所以會和我成爲密友中的密友，是因爲我們性格中都有一個「賤」字，她是外賤，我是內賤。賤字的主要含義就是——沒事找事，有事發神經，恨不得天下大亂，公雞下蛋兼打鳴，人家踩我一腳，我還人家一整套天馬流星拳外加廬山昇龍霸。

當時，大學裡有個女的，長得賊美賊美的，可惜心太壞，人品壞到居然和我跟唯一同一個等級，可以想像那是什麼樣的境界。唯一是個行動派，立刻就想出賤招整得她夠嗆。不巧，那女生當時的男友就是段又宏，就這樣，兩人槓上了。從此以後，如天雷勾動地火，如藏獒遇上獵豹，如貓遇上狗，兩人鬥得叫個精彩絕倫，滿堂喝彩。話說，諸葛亮鬥著鬥著都能和周瑜大談ＢＬ戀曲，何況段又宏跟唯一這一公一雌。

我的意思是，當所有的人省悟過來時，這兩人就已經發展成一種全新的關係——一對爭得你死我活、又帶有惺惺相惜情愫的曖昧男女。他們兩人之間的事外人看不清，眼睛瞅著，似乎都對彼此有那麼點意思，可是又不捅破，都在等對方先開口。每當有人可以對付時，就聯手對付那些個倒楣鬼；沒人可對付時，閒得發慌，就對付彼此。

唯一可說是一見段某誤終身，眼見我都嫁人了，她還在那裡杵著。去年，段又宏本來跟唯一曖昧得好好的，忽然平地一聲雷，不知哪根筋不對，從哪兒揪出一個女的就跟人家訂婚了。唯一在人前啥事也沒有，只有我看得出她背地裡氣出了一斤血，果不其然，立刻申請美國的研究所，飄洋過海加強充實內在美去了。

每個人都是不一樣的，換我遇上這等事，絕對是飛去韓國充實外在美。所以說，唯一注定是個女強人，而我注定是個——大學畢業後，在家人安排之下進入公家機關，當個整天無所事事的小職員。

每次我一說到段又宏，唯一都會岔開話題，這次也不例外。

唯一問：「欸，我說大綺，你和那唐宋到底怎麼勾搭上的？」這孩子怎麼去美國溜達個一圈回來，連話都不會講了呢。我對「勾搭」一詞表示抗議，立刻辯解我和唐宋——可是在男未婚女未嫁的情況下，進行積極正面有利民族和諧提升文明的正常交往。

唯一挑挑她那囂張的小眉毛：「得了吧，不就是兩大利益集團利用你們進行結親嘛！」我覺得唯一這孩子開始出現憤青傾向，哪天有空該跟她哥報備一下，免得幹出什麼投敵叛國的事情。不過，她說的也不無道理。

我跟唐宋是經由熟人介紹的，算是相親的一種。見面那天，雙方父母、介紹人夫婦，再加上我們兩個當事人，密密麻麻坐了一大桌子。話都是大人們說的，我和唐宋只管坐在那兒就好。

當天，唐宋很平靜。包廂雅間的柔和燈光下，他的眸子像那年夏天我去竹海遊玩時，所見倒映著碧綠竹林的湖水，顏色太深，失卻靈魂。都是同一個圈子的人，很多事想瞞也瞞不住，像是到處傳聞——不久前，唐宋的父親唐一軍和兒子大吵一架後住進了醫院，出院後，唐家便首次放出消息說想要人介紹合適的女孩子。唐宋，終於妥協了。

滿桌子世故人精，這頓飯自然吃得賓客皆歡，乍看之下頗爲順利。第二天，介紹人打電話來，說唐宋對我很滿意，想要繼續交往；大家都知道，應該是唐宋父母對我很滿意。可惜呀，去掉「父母」二字，世界就圓滿了。

放下電話，爸沉思，道：「唐家那孩子條件滿不錯的，但看那樣子八成是被父母逼出來相親，小綺嫁過去也不會幸福。我看，明天還是向介紹人推掉算了。」

媽那保養得很好的青蔥十指正在削蘋果，說：「未必能找到更好的，唐家根基深，人脈廣，以後我們家要靠他們的地方多著呢。再說，看條件，應該是唐家挑我們家，推掉了，傳出去，還以爲我們家拿翹，以後對小麗挑選對象也有影響。」末了，將白嫩蘋果遞給秦麗——我妹。對了，人稱秦家有綺麗兩女，而秦母獨愛幼女。

秦麗皺皺眉，道：「媽，你在說什麼呀？」沒再接話，蹦跳著上樓去了。白嫩蘋果汁液豐富，卻被擱在桌上，最終也沒遞給我。媽問著：「你的意思呢？」聲音有點冷漠，一如二十多年來一樣，總是隔著涼涼的霧氣。我收回放在蘋果上的目光，微微一笑：「就聽媽的意思好了。」

就這樣，我和唐宋開始交往，每三天約一次會，吃飯、看電影，或者聽音樂會，像例行公事一般。他是個君子，至少對我來說是——三個月下來，連手也沒牽過。相信再繼續這樣不鹹不淡地交往個一年，也該商量結婚的事了——大家，都是這麼認爲的。

但交往到第四個月時，出現了轉折。他要我陪同參加朋友的婚禮，是一場西式婚禮，在草地上舉行。當牧師以嚴肅的聲音引導新郎新娘立誓約時，坐在觀眾席上的我卻閃神了，側過頭，看了看身邊眉目如畫的唐宋……

儀式完成後，眾人開始吃吃喝喝蹦蹦跳跳地互相交際著，而我則在痛吃了三大塊奶油蛋糕後，抬頭往東西南北方向一望，發現帶自己來的那個人——不見了。唐宋這傢伙離開時說是去一下洗手間，但這也太久了，我擔心他被洗手間吞噬，便前去尋他。結果，唐宋沒跟洗手間發生什麼事，而是站在某建築物牆邊靜默著。

那是一處蔭涼地，就連四周的玫瑰香氣都是幽涼的。他站在那兒，身影頎長，面龐英俊，算得上一幅絕世名畫，只是，臉上的神色很奇怪，是一種平靜，滄海桑田塵埃落定萬物皆空般的平靜。我走過去，打破了他的平靜。而他給予我的是一個緊緊的擁抱，以及深吻，對了，還有一句話——「嫁給我」；那是在深吻持續了三分鐘、我腦中氧氣變得極爲稀薄的情況下，所發生的事。

那天天氣極好，陽光穠麗，空氣暖綿，但我們所處之地卻滲出了微侵骨頭的冷。我的身子一半浸於陽光內，一半浸於陰影裡，地獄人間交疊不休。在時空變換扭曲的定格處，我停了下來，回答了一個字——「好」。就這樣，我們定下終身大事。後來才曉得，那天他朋友打電話來，說范韻在英國跟一名華裔男子訂婚了。原、來、如、此。

聽完我和唐宋結識交往的整個過程，譚唯一小姐總結道：「大綺，你活脫脫就是偶像劇裡，那些千方百計拆散富家男主角和平民女主角的『悲劇性惡毒富家女配角』。」我靜默，的確是有那麼點意味，眞想不到，自己居然是無關緊要的女配角命格。

唯一慫恿著，一副恨不得天下大亂的小模樣：「沒問題的，離婚吧，女人不離一次婚，人生怎麼能完整呢？」我無所謂地笑笑：「算了，反正我也不愛他。」還是這句老話。

逛了好幾個小時，唯一有事，我也累了，兩人各回各家。

打開大門，發現唐宋正坐在客廳沙發上看電視，是枯燥的財經節目，他身著寬鬆的白色休閒衫，雙手環臂，手邊有瓶法國礦泉水。

不想打擾他，於是躡手躡腳地提著逛街逛來的幾袋戰利品準備上樓。才剛邁出一小步，在我看來，那明明正聚精會神看著電視的唐宋突然起身，走過來接過我手中的幾個大紙袋。

唐宋微微低頭、彎下身子，幾縷髮絲掠過他的額角，刮得人心裡有點癢意。這氣氛透露著一般夫妻之間所沒有的客氣禮貌，讓人不由得有些尷尬——還眞是相敬如賓啊。我知道唐宋對我感到愧疚，他覺得自己沒有給我愛，因此就給我很多很多的好來代替。

唐宋問：「去逛街了？」一般說來，人在面對無話可說之人時，總喜歡說些明知故問的話。我笑答：「是啊，跟唯一見了面。今晚你要在家裡吃飯嗎？」

其實，我也不過隨口問問，唐宋從沒在家裡吃過飯。

結婚這些日子以來，他要嘛在公司加班，要嘛在外頭和朋友聚會，很少回家跟我照上面。當然，我們是分房睡的，他的理由是「怕晚歸時吵到我」，聽見這個答案時，我微微一笑：「好啊，就照你說的做好了。」唐宋已經做足了面子給我，何必挑明一切讓彼此下不了臺？

沒想到今天我只是隨口問問，居然得到了底下的答案——「我們出去吃吧。」我努力將想把嘴張得像鹹蛋那麼大的慾望，生生壓了下去。我吸口氣，淡定地道：「好。」

原以爲是燭光晚餐什麼的，結果這傢伙果然很務實，帶我去吃朋友的生日宴，而且是一個女朋友；我是指，一個女性朋友。到了現場，才曉得生日宴的主角名叫阿芳，和唐宋這個圈子很要好，依稀聽說她和范韻也是好朋友。

走進包廂，發現裡面熟人滿多的，包括那天在我背後嚼舌根的和一、楊楊也在。一見面，和一像沒事人似的，但楊楊的功力就差了點，有點迴避我的目光。我在心裡暗道——「其實沒必要，眞的，孩子，在人背後說點話而已。那天出了館子，我還不是跟閨密唯一說你的氣質有點娘，大夥扯平了。」

不知是我太敏感或者事實如此，在座所有的人都有點拘謹，彷彿因我在場而顯得不自在，有些話不太能說。其實不難理解，相信過去的好些年裡，唐宋身邊的女伴一直是范韻，大夥熟得很，忽然有一天換成了我，自然有點不習慣。但，「不習慣」只是客氣說法，阿芳打從看見我和唐宋一塊兒走進來就開始擺臭臉，還時不時帶點輕蔑的憐憫看我。我假裝沒看見，低頭吃菜。

剛進來時，悄聲問了唐宋爲什麼要帶我一起來，他這麼回答：「送了禮，就要帶著人吃回來。」這平日深得我心的觀念從他口中說出，還眞讓我有點受不了，倚牆整整休息了三分鐘才將元氣復原。

這頓飯吃得眞艱難，大夥的目光總若有似無地在我頭頂掃射著，我這一頭中分的長直髮都快被燒成黃毛鬈了。只可惜，整場飯局以埋首吃飯的念頭帶過只是個美好的預想，並沒有成爲現實，我的意思是——當胃剛半滿時，大夥開始輪流向壽星敬酒了。

前面幾位敬酒時，阿芳都很豪爽地喝了。輪到我，她一開始不理，兩眼直盯著我，活像被搶食的小斑鳩，腎上腺素開始激增。後來是唐宋先爲我倒了杯飲料，爲自己倒了杯酒，然後拉我站起身，一起向阿芳敬酒。阿芳斜睨著眼，端著酒杯的手塗著純正的黑色指甲油，燈光下滿漂亮的，就是看得人心裡有點寂寥。

阿芳道：「欸欸欸，我們這群人一向沒有喝飲料的習慣。再說，今天是我生日，不喝酒，確實有點不給面子吧。」唐宋打圓場：「她一向不喝酒的。要不然，我幫忙代喝三杯。」阿芳話中有話地回道：「你是你，她是她，別混爲一談。」唐宋語氣清淡，卻堅持：「她眞的不能喝。」阿芳停頓三秒，看了我一眼，輕飄飄地丟出一句話：「我記得，范韻一開始也不能喝，最後還不是照樣練出來了。」

此話一出，周圍的所有人通通低頭吃飯——咕，模仿姐姐我，眞不厚道。再傻的人也該明白，這位阿芳應該是在替范韻抱不平吧。也是，唐宋娶了我，在他們眼中算是屈服於強大的世俗壓力，不太符合他的形象；或者大家都認爲是我勾引唐宋，也說不定。仔細想想，我雖有那賊心，卻沒那行動力，「勾引」這個詞確實有點抬舉我了。

現場靜默了一小會兒，忽然發現唐宋沒啥反應，我偷眼看去，發現那孩子愣愣的，想必因爲阿芳那句話憶起了從前的一些事吧。阿芳頗爲得意，直勾勾地看著我，意思很明確——「看吧看吧，狐狸精，你老公心裡想著的人可不是你。」這世道，王子什麼的都是浮雲，你就算等成了灰，他那偶像系的白馬撒著蹄子都不一定能跑得到你面前，還是自救比較實際。

於是，我推開阿芳硬塞過來的酒杯，拿起飲料，笑著道歉：「不好意思，最近正在實施做人計畫，不太適合喝酒，見諒，日後必定補上。」飲畢，坐下，繼續埋頭吃飯。

阿芳被這句話哽住，半晌沒出聲；這感覺我知道，就跟小時候一口氣吞下整顆荷包蛋是一樣的。哽完了，緩口氣，阿芳興許又想到什麼招式想反擊，正待發作，卻被人攔住。

和一站起來，慨然道：「爲了我們唐家老爺子的第一個大孫子，這酒，嫂子絕不能喝。來，我替她乾了！」揚起小脖子，咕嘟咕嘟咕嘟三杯下肚，眼睛都沒眨一下，不，還是眨了一下。那眼睛細細長長的，還眞勾人，尤其是左眼角那顆淚痣，在燈光下一閃而過。

雖然知道他並非眞心幫我，但畢竟替我解了圍。我決定，今後去和家私房菜館白吃白喝時，再也不帶唯一去了——一個大胃王就夠受的，人家可經不起兩個。

一頓飯總算有驚無險地吃完了，但這幫人全是些愛玩的傢伙，一頓飯哪裡夠；飯畢，立刻又被拉到城裡最大的娛樂招待所「顏色坊」玩。

顏色坊，是唐宋這夥人平時聚集的大本營，聽說老闆很神祕，至今沒露過臉，想必是走冷豔路線。我當然得去，反正已經染上顏料了，中途走也洗不乾淨，反被人詬病小家子氣，乾脆染色染到底。

顏色坊的裝潢並不張揚，展現出一種低調的豪華，裡面隨便一件小擺飾都價值不菲，也難怪會吸引城裡的富二代、官二代前往；果然，這年頭，玩的就是心跳。

在包廂坐定後，唐宋替我拿了片水果，順勢輕聲地在我耳邊說了三個字：「對不起。」燈光很暗，視覺暫時不管用，觸覺卻很靈敏，他的唇瓣擦過我的耳廓。我笑笑，回道：「沒事，真的。」

不一會兒，一大夥人開始敬酒的敬酒，唱歌的唱歌，鬧成一團，我則縮在沙發堆裡吃東西。唐宋一直陪在我身邊，因此生人勿近。只可惜我不爭氣，喝了太多飲料，包廂的廁所又被人占據，只能出門尋廁。

自從有人發明「冤家路窄」這句話之後，老天就開始永無休止地以實際例子爲我們進行示範教學，我的意思是——在女廁裡，阿芳小姐陰魂不散地出現了。一見我，她平靜地闡述著一個事實：「唐宋愛的不是你。」

我的臉開始漲紅，不是因爲羞愧，不是因爲心疼，不是因爲氣憤，只是因爲——尿急。阿芳小姐眞的很不善解人意啊，人在三急的時候，什麼愛啊恨啊都是浮雲，我死都不信你會因爲愛一個人而三天不噓噓；由此可證，愛情還不如一泡尿。因此，我的臉雖紅，卻平靜地推開她，在阿芳眼睛微張微感詫異的狀態下，衝進了其中一間廁所。

「你這個——」我很確定，阿芳後面接著的話應該不是太善良，只可惜被我那洪湖打浪的釋放聲所掩蓋。嘩啦啦之後，神清氣爽，雙頰粉紅，雙目有神，腰腿緊直。

我從洗手間走出，看見阿芳依然等在那兒，似乎不打算離開。我們就這樣大眼瞪小眼，持續了又一泡尿的時間。最後我說：「還是出去吧。在洗手間僵持是一件很傷元氣的事，女人何必爲難女人，我認輸。」可是阿芳不肯，依舊攔著我。

按照一般常理推斷，女廁乃打架鬥毆以至情殺之勝地。想當初，譚唯一年輕貌美，被一有女友的渣男喜歡上，又被那年輕氣盛渣男的女友帶人圍剿，差點就命喪女廁。幸得我前一天吃多了冰淇淋，提前埋伏在裡面，否則這孩子小命難保矣。

我乾脆也不邁動腳步，好聲好氣地跟她說了開來：「阿芳，你到底想做什麼？」這麼一來，阿芳的脾氣反而消了些，想了滿久，最後說：「你應該知道唐宋和范韻之間的事吧。」

我頷首。阿芳問：「那麼，爲什麼還要繼續跟他在一起？」我反問：「你認爲，我們能選擇自己的結婚對象嗎？我們這個圈子裡的婚姻，貌合神離、相敬如賓的比比皆是。」

阿芳用審視的眼神看著我：「但，你不應該是那種女人。」我說：「你究竟在擔心什麼？就算沒有我出現，也有另一個陳小姐或李小姐，唐宋要的不過是一個結婚對象。」阿芳的眼睛微瞇：「但，陳小姐和李小姐不會有你的企圖。」我閃了一下眸子：「噢，我有什麼企圖？」

阿芳總結道：「唐宋跟范韻已經在一起這麼多年，兩人有太多的糾葛，根本忘不了彼此。如果你沒有企圖，那最好，可是如果有其他想法，我勸你還是別玩了，免得傷到自己。」說完，壽星不再廢話，推開我，打開其中一間廁所的門，噓噓去了。

聽那水流量，我想這孩子也憋了不少時候，但我可沒竊聽人家上廁所的習慣。步出門，準備走回包廂，卻在轉角處撞見了竊聽電話的機會——唐宋拿著手機，背對我站在轉角處，陰暗之中，他的身影帶點鬱鬱。

他一邊低聲問著，一邊耍弄腕上那條紅線手環：「是我……你在英國一切都好嗎？」手環編織得不算十分精細，那紅都已經褪了色，但唐宋還是一直戴著。只因爲，那是范韻親手爲他做的。

不得不說，此情此景還眞有點……讓人不爽。自家老公和舊情人通電話，做爲一名識大體的女子，自然是要走開的。確實，我也是這麼做的，豈料母螳螂一轉身就遇上了一隻公黃雀。公黃雀，姓和，名一。

這可尷尬了，這小子是個人精，從臉上的表情便看得出他已然聽出是唐宋和范韻在通話。當下我忽然覺得，除了說句「好巧，你也來嘘嘘啊」，別無他法。到頭來，是唯一突然打來的電話幫我解了圍，電話那頭的唯一聽起來有點小醉意：「喂，我說大綺啊，臨海人家，不見不散！」「臨海人家？在哪兒？」我還沒問完，那邊就心急火燎地掛了電話。

和一頗熱心，接著說：『臨海人家』我知道，嫂子我帶你去吧。」雖然覺得他有點小邪氣，但畢竟三番四次的，他也算是幫了我，暫時看不出有啥惡意。再說，這個時間點要在外面叫車也不容易，乾脆順了他這個人情。

一路上，和一開得頗慢，老實說我有點小緊張，畢竟他也不是多相熟的人，我也不是多健談的人，一起關在密閉空間確實有點難熬。當然，並不是怕他把我給那個那個了，畢竟在外人看來，該擔心被那個那個的，應該是他。

我這邊正假裝看著窗外風景，和一忽然開口：「其實，唐宋這個人確實是好男人。」我沒料到，他醞釀這麼久居然冒出這麼一句，我只能以不變應萬變：「哦？哦。」和一又再醞釀出一句：「嫂子也是好女人啊！」再怎麼樣，人家這是誇我呢，還是笑笑為妙，客套地自謙：「呵呵，哪有哪有。」和一的第三句話則冒出了這個：「臨海人家，其實是臨江的一片大排檔，主營海鮮，味道很不錯。」

從唐宋是好男人，到我是好女人，再到臨海人家是賣海鮮的……我覺得和一這孩子小時候的數學肯定學得賊好，那顆小腦袋的思維實在太跳躍了。

臨海人家說遠不遠，十多分鐘車程便到。我下車，四處張望，發現中間那張小圓桌，唯一正坐在那兒藉酒澆愁。

人家〈孔雀東南飛〉詩中的女主角劉蘭芝從小以賢慧著稱，十三能織素，十四學裁衣，十五彈箜篌，十六誦詩書。這唯一則從小以剽猛著稱，十三學抓人，十四學板磚，十五跆拳道，十六空手道。總而言之，唯一是個很剽悍的女孩，而能將她變成現在這副熊樣的，也只有段又宏那個熊人了。

「怎麼了，小妞？又被段又宏整了？」我跟唯一是互相打擊慣了的，直接開門見山。唯一不語，又抓起啤酒瓶猛灌，我記得上一次發生這種情況，是段又宏宣布訂婚時。想必今天的事態也不小，我排空膀胱，做好了長期抗戰的準備。

正尋思向和一道聲謝謝，說「這裡就不麻煩你了，交給我吧」，豈料和一根本沒給我說話機會，直接一屁股坐下，拿起菜單叫起了菜——豉椒爆花蛤、香辣小龍蝦、醬爆香螺、麻辣魷魚……這些菜名光聽就讓人覺得舌頭發酥，看來，和一也是個老饕級的狠角色。而當有件麻煩你暫時想不出方法解決時，最好把注意力轉移到另一件麻煩上——我放棄和一，專攻唯一。

我問：「段又宏又怎麼了你？」唯一爆了粗口：「他說，自己和那女的是眞愛。眞愛他老母啦！」我輕輕碰她一下，示意這裡還有另一個帥哥，希望她注意一下淑女形象，但唯一喝得有點茫了，根本不在意，扯著我的手臂像扯著一根老樹藤：「大綺，他怎麼就不明白，我跟他才是最合適的呢？」話說，這還是唯一頭一次在人前提起自己和段又宏之間的感情，看來，我們的傲嬌小姐今天確實喝多了。

數了數桌上的瓶子，一二三，也不多啊。正疑惑著，旁邊，老闆端著一份麻辣小龍蝦輕輕飄過，幽幽道：「還有五只瓶子被她拿去砸那些不知死活、想調戲她的小混混了。」仔細看地上，果眞有斑斑血跡和玻璃渣渣，看來慘案才剛發生不久。

我問：「難不成，你這輩子就準備和段又宏耗上？」唯一努力眨巴著一雙大眼睛，說：「你還不是一樣，以爲我不知道，你還……還不是一直想著……」她話沒說完，當然也絕對說不完，因爲我在桌下重重踢了她一腳。而後故作不在意地看了看和一，發現那孩子沒啥反應，不過，眼睛裡的光芒倒是賊巴賊巴的。

擔心唯一這酒鬼再說出些什麼話來，我只能努力地灌趴她，但又怕輪到自己酒醉說出些什麼話來，因此也得順便灌醉和一；看來，任務很艱鉅啊。我自認酒量還是有那麼兩下子的，於是決定先攻和一。

我笑咪咪地道：「來來來，和一，謝謝你這幾次的照顧，我先乾爲敬。」看著我喝下，和一用他那美乎美乎又賊巴賊巴的眼睛瞅著我：「嫂子，你不是正在實施做人計畫嗎？」我笑著說：「計畫趕不上變化嘛！」不過，我心裡已經開始提醒自己要提防這孩子了。賊，陰悄悄的賊啊。

但，計畫果眞趕不上變化。當我喝到半茫時，卻發現和一的臉都沒紅一下，簡直就是酒仙轉世，心裡一跳，看來眞遇上對手了。當即也顧不上什麼禮義廉恥，立即丟出女性牌，提議他喝一杯，我喝半杯。和一照單全收，一杯杯與我乾盡。

當記憶時斷時續時，我驚覺自己栽了，徹底地醉倒了。依稀記得的只有兩件事——一是，唐宋似乎打了通電話來，問我在哪兒；二是，和一的眼睛一直都那麼賊巴賊巴的，左眼角的淚痣忽閃忽現……

人家宿醉醒來是頭痛欲裂，而我宿醉醒來總感覺如獲重生。第二天清晨睜眼一看，重生到不知名的地方去了——我跟唯一兩人睡在酒店的大床上，周圍沒別人，衣著整整齊齊。回想了一下，應該是被和一那傢伙弄到這裡來的。

昏昏糊糊地跑去打開連接套房的另一道門，頓時呆愣住——對門的房間，房門大開，和一坐在凳子上，而腳搭在另一張凳子上，環著雙手，看著我。那眼神，比昨晚還賊巴。

Chapter Two

世上最憋屈的，就是和情敵同一天生日

憑著女人的直覺，我覺得和一的眼神有點蹊蹺，就像……一古靈精怪的小孩發現了什麼祕密似的。我心裡「咯噔」一聲——「難道昨晚喝醉後，我說了什麼不該說的話嗎？」

心裡正翻江倒海地折騰著，可是面上也不敢表露出來，我只能裝迷糊，道：「我們不是去唱歌嗎？怎麼會在這裡？」喝醉酒的好處，就是可以光明正大地把事情忘記。

和一做了簡短解釋：「你們醉了。」我揉著頭說：「謝謝，我去叫唯一起來。」和一微笑道：「也好，你們醒了，護花任務完成，我先回家了。」他把腳從凳子上搬下來，伸伸手臂揉揉腿；看來，這姿勢維持了好一段時間。

我在心裡評價著他——「和一這人，還是很君子加紳士風範的。」誇獎完後剛轉身，他忽又叫住我：「秦綺！」這是他第一次沒叫我嫂子，而叫了本名。雖然疑惑，但面上也不好露出些什麼，我故作無事地應道：「嗯，怎麼了？」

和一並未立即接話，只是拿著那雙眸子瞅著我，眼神帶著四分之一的探究，又帶著四分之一的好奇，還帶著四分之一的提防，剩下的四分之一則是一些我暫時看不大懂的東西。末了，他又像個沒事人般，笑道：「沒什麼事，好好休息啊。」

不得不提，和一笑起來，眸子是很漂亮的，當然跟純潔乾淨什麼的沾不上邊，他那顆映在眼角的淚痣，有著一種複雜。只是，人世間最綺麗的，不正是複雜嗎？

安頓好唯一後，我回家。手機是開著的，就一通未接來電，唐宋打來的。雖然只有一通，但對於我們這樣的夫妻關係來說，他也算盡責了。

畢竟是宿醉，腦袋有點昏沉沉，回家後什麼也沒弄，就直接躺上床去了。這回沒睡好，做了夢，還是那個熟悉得足以困惑我的夢——「在濃霧縈繞的樹林裡，雖有陽光，卻照不到底，我執拗地、不知對錯地跟著一道人影向前走去。」但，依舊沒能走出林子便醒了過來，這是我從十多歲起就開始做的夢，不知何時才會有結果。

睜眼，發現床邊放著開水和阿斯匹靈。管它是誰拿來的，吃了再說，將藥服下，可能是心理作用，頓時感覺舒適不少。下樓，發現唐宋在樓下客廳沙發上看書。

腳才剛踏階梯，他便察覺了，將眼鏡從鼻梁上摘下，書輕輕放置在旁，起身道：「有粥，現在想吃嗎？」今天一整天除了阿斯匹靈什麼都還沒下肚呢，自然是要吃的。沒多久，溫熱的粥便端了上來，混著雪梨蓮子，格外清新香甜。

我問：「你煮的？」唐宋同學很誠實：「買的。」他靜靜地待在一旁等我吃完，一直沒問我昨晚去了哪裡，而我，也不太想說。

唐宋道：「今天，爸打電話來要我們晚上回去吃飯。」我應了一聲「噢」，忽又想到什麼，隨即問道：「你爸還是我爸。」結了婚確實麻煩，爸媽都多了一倍。要是哪一方的父母再勤奮點，多離幾次婚，說不定要多出三四倍呢。

我有點提不起興趣，或許是昨晚的酒精還遺留在體內，呆茫地問：「回去做什麼？」唐宋的想法與我不同：「結婚後第一次回娘家，還需要理由嗎？」「娘家？」我舀了一勺雪梨蓮子粥放入口中，慢慢咀嚼著這兩個字。

不管怎麼樣，規矩還是要遵守的。吃晚飯時，我倆依然提了大包小包的東西，回娘家。

是秦麗來開的門，一見我和唐宋，笑得咯吱咯吱的。接過禮物，把我們推進了屋裡。禮物全是唐宋準備的，其中有一副圍棋，漢白玉和黑墨玉製成。爸一見唐宋，立刻拉他過去陪著下象棋，秦麗則拉著我到樓上房間說悄悄話。

秦麗的隔壁便是我出嫁前的房間，伸手推門正準備懷念一下過往時光，卻發現房裡屬於我的東西全都不見了，轉而堆滿健身器材。秦麗小聲道：「媽說你都出嫁了，以後也不會回來住，所以……」我明白的，我微笑。我明白，迫不及待想將一個人從自己的生命中抹去是什麼感覺，二十多年來，我早就明白了。

我們回來得頗晚，沒幾分鐘，便開飯了。下樓時，看見第三級階梯上有個陳舊的小坑，左小腿忽然隱隱作疼，忙移開眼，不再去看。只是，很多事情不是你逃避，就不會再來煩你。

唐宋雖不愛說話，畢竟從小也跟著父母應酬，應對得體，我看得出家人對他十分滿意。酒過三巡，爸叮囑唐宋：「小綺這孩子比較害羞，嘴雖不甜，但心地是好的，又孝順，你以後多讓著她一點。她有什麼不對的地方，你告訴我，我來跟她說。」唐宋開始替我戴高帽：「爸，這話說重了，能娶到秦綺是我的福氣。」爸聽完，笑呵呵的，看看旁邊默不作聲的媽，輕輕推了一下她，道：「你也說兩句吧，女兒第一次回娘家呢。」

此時，媽正在剝蝦殼，鮮嫩的蝦肉和她白皙的手彷彿融為一體。將蝦肉蘸好醬，放入秦麗的碗中，也沒抬頭，只道：「唐宋啊，你周圍有沒有什麼優秀青年，幫我們小麗留意一下。」爸咳了一聲：「我們現在談的是小綺。」媽的聲線婉轉卻冷漠，道：「我現在談的，是小麗。」

不知何時，唐宋將一隻剝好的蝦放入我碗中：「我周圍是有些不錯的男孩子，但就怕小麗看不上。」這感覺有種說不出的滋味，因爲是有生以來第一次有人幫我剝蝦。想一想，忽然有點蕭瑟的味道——咳咳，這輩子長這麼大，混得還眞不怎麼樣。

嫁出去的女兒就是潑出去的水，吃完飯，還是趕緊走人爲妙。

坐上唐宋的福斯進口座駕，我們一溜煙奔了。路上，唐宋問：「怎麼像是在逃？」我抬抬嘴角：「因爲……有鬼。」唐宋道：「沒事，我們自己的家沒有鬼。」

憑藉唐宋那股聰明勁，我敢用十根腳趾打賭，他一定察覺出了什麼，卻沒有追問。只有最親密的人才會肆無忌憚地探聽對方的祕密，而我和他，並不是那種關係。

回到家都快九點鐘了，明天就要重回工作崗位，我也準備梳洗一下，躺上床看看書就睡了。「你先睡吧，我看看電視。」照例，自家老公沒有跟我進同一房間睡同一張床的「覺悟」，不，是「打算」。

走上樓梯最後一階，我轉身，瞅著唐宋，眼神定定的。其實我的本意是想對他說「宋啊，你眞的不想知道一下我家的內幕嗎」，當然，最後關頭我還是猶豫了，只在階梯上傻站著。

但不愧是夫妻，唐宋很快就發現了我強大的小宇宙。他抬起眸子，輕笑著問我：「怎麼了？」我秦大綺確實是個沒種的人，「沒種」二字不僅具象地描述了我的生理，更確切地描述了我的心理。因此到最後儘管有不少話想說，依舊很賢妻很良母地叮囑一句：「你也早點休息吧，別太晚睡了。」

相敬如賓啊相敬如冰，居委會那些大媽要是不把我們家弄成什麼和諧家庭示範楷模，我立刻跟她們捋袖子理論。

儘管結婚了，但我和唐宋並沒有去度蜜月，畢竟新婚夫妻要是還分住兩間客房那就太扯了。但對外，我們還是宣稱度過蜜月了，因此放完假一回工作崗位，我立刻發揮十二萬分的想像力，應付那群差一點就比我還八卦的女人們。

「蜜月啊？」——我們去的是馬爾地夫。

「景色啊？」——那可是賊美賊美的。

「海水啊？」——那可藍了可藍了。

「浪漫啊？」——那就不多說囉。

好不容易編完故事，我看看報紙喝喝茶準備下班，誰知胡主任打了通內線電話來：「小秦啊，你來一下我辦公室，有個任務需要你幫忙完成。」上司叫我，哪裡敢怠慢，忙撒著四肢跑去。

一瞅，不好了，胡主任在笑，而且笑容可掬。

胡主任這人安排任務給你時，往往會笑，而且他笑的程度和任務的難度成正比──任務容易時，他老人家笑得像朵雛菊；任務不難不易時，他老人家笑得像朵杭菊；任務困難時，他老人家笑得像朵波斯菊。而現在，一朵波斯菊就在我眼前迎風張揚，弄得我雙腿直打哆嗦。看來，悠閒日子過完了。

果然，交代下來的任務還眞不簡單。最近得舉辦一場大型義賣活動，募到的資金全用來幫助貧困的殘疾學生，需要一公一母兩名主持人，當然了，我就是那母的。其實一開始是想找專業主持人，豈料不知哪位頭頭發話，說還是自己人來比較好，可以展現出誠意，於是乎，在距離活動只剩四天的情況下，我被推了上去。

四天，得熟悉流程、背熟稿子、糾正發音，我覺得這簡直就是不可能完成的任務。但臉上飄揚著一朵大波斯菊的胡主任拍拍我的肩膀，說：「小秦啊，雖然任務很艱鉅，但最上面的長官完全信任你，中階的長官也完全信任你，我更是完全信任你。」

都扯出長官跟長官的長官了，我敢說個「不」字嗎？忙不迭接下稿子，上班時間背誦，下班時間也背誦。

我背東西時有個壞習慣，就是喜歡在床上倒立，讓血液全都湧進腦部，以此激發小宇宙。今天也是一樣，正背得入神，虛掩著的門被推開，唐宋的聲音也傳來：「秦綺，這個快遞包裹是你的……」

不得不說這場面頗尷尬，我穿的超短小睡褲本來就在大腿根部，現在一倒立，瞬間有點春光乍洩的味道。人家唐宋是君子，非禮勿視，忙道聲歉，轉身在門外等著。我趕緊起身，動作很迅速，腦袋還有點暈，踉踉蹌蹌地跑去接包裹——呵呵，是在淘寶網買的商品。

唐宋好奇：「你在做什麼呀？」「背稿子。」我把今天上司交代的任務，順便向他交代了一遍。唐宋又問：「怎麼會要你去？」我很謙虛地說：「因爲我的普通話說得比他們稍微好一點點。」唐宋輕聲問：「以前學過播音？」我笑答：「沒有，是小時候沒人陪著玩，整天看電視，看著看著，就開始學了。」

唐宋聽出了什麼：「小時候？不是還有秦麗？」我好整以暇地說：「秦麗跟著爸媽，我小時候被寄養在外公、外婆家。」垂下眼眸，打開包裹，轉移話題，「嗯，滿不錯的，比起上次那件就連當抹布都不吸水的雪紡裙好多了。」

「你……」唐宋聽見這話似乎想說什麼，但頓了頓，最後說出來的是另一句話，「上次你不是說，夏天到了皮膚很容易過敏嗎？我奶奶寄了一包中藥來，聽說治這個效果不錯。」

唐宋的奶奶是個貴氣的老太太，旗袍玉鐲不離身，也不知怎地，我和她老人家滿投緣的，見過三次，次次都開心。「好，等會兒我就去熬。」雖然不喜歡中藥的苦味，但再怎麼樣也不能辜負唐宋他奶奶的藥啊。

打開仔細包裹的牛皮紙，一股熟悉的藥味傳來，想起我年幼時，外婆也喜服中藥，她身上總縈繞著一股淡淡的藥香。蒼耳子、地膚子、川芎、紅花、白芙——祛風，活血，除濕，止癢。記得小時候，生病便服中藥，習慣後也就不覺苦澀。

「你早點睡吧，我出去和朋友聚聚。」照例，晚上，唐宋還是要出去的。

「好。」我小心翼翼地把中藥倒進罐子，略帶苦澀的香氣瞬間飄散在空氣中。打了個呵欠，一邊熬著藥，一邊背稿子。

這四天著實度日如年，稿子上的字像鉛塊，硬塞進我腦子裡，頭骨都快漲裂了。所幸，一起合作的男主持人長得不錯，可愛型的，姓李，一口普通話字正腔圓，年紀比我小三個月，因此直接叫我秦姐。沒事時，我也夥同眾多婦女同胞一塊兒調戲小李子。

某天，排練中場休息時，我喝了一口礦泉水，看著那張可愛的小臉蛋說了句：「小李子啊，姐姐替你做媒吧。」聞言，小李子的臉蛋瞬間漲紅，好半天才嬌羞道：「好啊。」

說要替他做媒並不是開玩笑，我有個高中同學在學校當國文老師，溫柔賢慧，相當不錯，感覺上跟小李子頗爲般配，當即約定空閒時找兩人出來喝茶。小李子感激我爲他的終身大事操勞，趕緊屁顛顛地跑去旁邊冷飲店買了兩盒冰淇淋，邊吃邊聊。不知怎地，就聊到我頭上了。

小李子好奇地問：「秦姐，聽說你老公是知名的企業家啊，這次義賣活動是不是也會來？」正有一勺冰淇淋堵在我喉間，凍得難受——知名企業家，聽起來怎麼這麼像生產豬飼料的？「他啊？不一定。」我一個火球術，融化了喉嚨裡的冰淇淋，這才舒坦點。唐宋？他怎麼可能會關心這件事！

小李子繼續說，一邊由衷讚歎：「秦姐，聽說你老公和你是門當戶對，又帥又有錢，你眞是好福氣啊。」我笑：「呵呵呵呵，好說好說。」小李子忽然指著前方一道人影，道：「欸，那是你老公吧？看著你好半天了。」

我一個激靈，冰淇淋再度堵在喉間。唐宋？不會吧，他怎麼會這麼想不開跑來看我！趕緊將手搭在額上，往大太陽底下瞅，這一看，冰淇淋瞬間堵死了我的喉嚨——那高個子，那硬板身材，那冷峻眉目，那渾身瞬間發散的冰冷小宇宙，那瞅得你涼颼颼的小眼神。不是唐宋，是譚唯一她哥——譚瑋瑋。

我使勁揉了揉被冰淇淋或被譚瑋瑋凍得僵硬的臉頰，跳下舞臺，三步併兩步地跑向他，若無其事貌似輕鬆地笑：「瑋瑋，你從北京回來啦？」譚瑋瑋是分子生物學博士，在大學的研究所工作，半年前去了北京進修。譚瑋瑋不說話，只是看著我，看得我臉蛋涼，心涼，胃也涼。

哥不說話，姐姐自己說：「怎麼沒聽唯一說你回來了？」譚瑋瑋繼續瞅著我，那一雙藍色的眼睛像深邃的大海，表面冷靜，深處卻潛伏著無數被吞噬的靈魂。在我的小心肝快凍結成冰塊前，他開口了：「我剛下飛機，家裡的人還不知道我回來了。」也就是說，人家一下飛機就跑來見我，受寵若驚受不起，只能肉償；當然，是鴨肉，不是我的肉。

當即約定由我做東，請瑋瑋到東街有名的「李記」吃烤鴨。李記的烤鴨做得不錯，色澤泛著激發人食慾的金黃，外皮焦脆、肉厚鮮嫩、汁液噴香，包著麵皮與配料，一口咬下，滿嘴油香，搭配清湯蔬菜鍋，清香滿室。

畢竟是結了婚的人，被人看見單獨跟一枚帥哥吃飯這可不好，於是要了一間包廂。鴨子很快上桌，我也餓了，一邊埋首痛吃，一邊招呼道：「來來來，別客氣。」瑋瑋那邊卻不動，我也沒法子。

吃到一半，瑋瑋終於開口了：「你就這樣嫁給他了？」聲音像海洋，任外頭陽光再大，卻還是有他與生俱來的自然冷。我笑：「雖然辦得有點匆忙，但禮數和場面還是滿大的。放心，我眞的沒吃虧，若是離婚，鐵定賺。」

瑋瑋的藍眼珠定定地看著我：「要是我在，你跟他結不了婚。」瑋瑋跟唯一同父不同母，瑋瑋的媽是英國人，和譚爸因文化差異而分開。雖說是混血兒，但除了一對藍眼珠和較爲深邃的輪廓，瑋瑋的相貌還是偏東方人。「我就是趁著你老人家不在的當兒，趕緊結的婚」——呵呵，但這句話我沒敢說出口，就在自己心裡想想。

記得，唯一頭一次把我帶回家時，這姑娘不懷好意地指著自家哥哥說：「這是我哥，叫瑋瑋，女孩的名子，我們就如他的願，叫他瑋姐吧。」聞言，瑋瑋的臉綠得有點像沖淡了的茶水。

但就算跟唯一是死黨，也不能跟著她一塊兒欺負她哥，當即我就以頗溫柔頗文藝女青年的聲音問候道：「瑋哥（偉哥）好。」聞言，瑋瑋的臉綠得有點像綠幽靈。我總覺得，自己跟瑋瑋的梁子就是那時候結下的。可是天地良心，我很純潔，我的意思是——那時的我很純潔，那句「瑋哥」並沒啥特別含義。

「聽說，唐宋是在范韻訂婚之後，才向你求的婚。」人家瑋瑋畢竟是理科背景，邏輯思維能力就是強，一下子就指出了重點；從時間點來看，是這樣沒錯，我不能否認。說完，瑋瑋用麵皮包了一塊鴨肉遞給我，我道謝。才剛塞進嘴裡，他又發問了：「如果我出現在唐宋之前，你是不是會給我機會。」

鴨肉再酥美，也進不了胃裡了。腦子裡瞬間出現了時間軸——十六歲那年，我遇上了唐宋。十七歲那年，瑋瑋遇上了我。十八歲那年，瑋瑋告訴我，他可能喜歡上了我。十九歲那年，我告訴瑋瑋，我確定愛了一個人三年，並且花了三年的時間也沒把他忘記。

我記得當時的瑋瑋這麼問：「是唐宋嗎？」我也記得當時的我很誠實：「是的。」瑋瑋說：「我等你，再三年，你就會忘記他的。」可是沒有，又過了五年我也沒忘記他。從十六歲到廿四歲，整整八年，人家抗戰都結束了，我卻沒敢對自家丈夫說一聲「我愛你」。

我大綺眞孬。

別提這些了，吃飯要緊，我忙張羅著，民以食爲天嘛。懷著贖罪心理，我往瑋瑋的碗中放了塊包好的鴨肉，豈料伸手容易回手難，瑋瑋一把握住了我的手腕。光天化日朗朗乾坤，一已婚女子和一英俊青年，再加上這一曖昧動作，分量應該夠登上我們這裡的社會新聞了。睹此情狀，我驚，愣住。

事情還有更糟的，就在這當下，包廂門被打開，服務生端著一盤片好的烤鴨，用了帶點椒鹽味的普通話說：「先森，你們要滴鴨子來老。」睹此情狀，服務生嚇，愣住。

事情還有更更糟糕的，就在這當下，我一眼望見洞開的包廂門外站著一個人，渾身散發著小邪氣，不是和一，是誰？睹此情狀，他沉默，愣住。那雙眼睛帶著四分之一的探究，帶著四分之一的迷惑，帶著四分之一的揣測，帶著四分之一的精明，還帶著四分之一的興趣。

當下，我腦袋裡只有兩個念頭——一，我大綺的數學眞是不怎麼樣。二，江湖，什麼是江湖，到處都是熟人的地方那就是江湖。那四分之一就這樣看著我，不躲也不避，雙手環繞胸前，十分安適；也難怪，畢竟姦夫淫婦這四個字，人家一個也沒撈到。幸好，那扇門很快就被服務生關上，減去我更多的尷尬。

瑋瑋問：「那個人你認識？」我誠實答道：「唐宋的朋友。」瑋瑋饒有興致地問：「你覺得，他會不會把這件事告訴唐宋？」我答：「實話實說，我不太清楚。」瑋瑋又問：「那你覺得，唐宋知道以後，會在乎嗎？」如果用武器來形容瑋瑋，他老人家一定是狙擊槍，那速度、那精準度世界一流，直接擊中我的死穴。

我不作聲了，兩人就這樣圍著湯鍋，往嘴裡塞烤鴨。塞了好久，瑋瑋再度發話：「三年，小綺，我再等你三年。」我抬頭看著他，輕聲問：「値得嗎？來來往往的人這麼多，爲什麼一定要等我。」瑋瑋的面龐硬朗，唇形輪廓如愛神之弓：「那麼你呢？來來往往的人這麼多，爲什麼一定要等他？」

我啞口。如果瑋瑋和我之間是一場遊戲，那麼我和唐宋之間連遊戲也算不上——他甚至沒有參與，自始至終，我都是輸家；而且被處罰得永遠沉默，永遠囚禁自己的情感。

人家瑋瑋可不像我是個閒人，吃完飯，他立刻被召回研究所。

我回頭立刻抓起電話向唯一通報這件事，可是電話那頭，唯一正吱吱嗚嗚哼哼唧唧的，忒不乾脆，活像讓我戴了綠帽似的。我一尋思，立刻驚出汗來，能讓從小就單手捏死毛毛蟲的唯一，居然變得有如被捏的毛毛蟲一般，就只有那隻黑狐狸段又宏了。

趕緊衝去唯一家，大門鎖上不要緊，我拿出備用鑰匙開門。一看，黑狐狸段又宏和紅狐狸唯一果然在裡面，看那樣子，床單都不知道滾多少回了。

「怎麼，是偷情？還是舊情復燃？」我一屁股在沙發邊坐下，開門見山，絲毫不含糊。唯一沒說話，穿著全套性感的蕾絲黑色胸罩黑色內褲在那兒啃杏仁，泛著珍珠光澤的小牙齒互相碰撞，發出咯吱咯吱的聲響。

黑狐狸發話了：「綺姐，我從法國替你帶了雙高跟鞋，我記得你很喜歡這個牌子的鞋。」我聲音淡淡地說：「謝了，喜歡也不一定要擁有啊。」黑狐狸和我一樣，話中有話：「既然喜歡，就要擁有。人活一生，事事拘束自己，多無聊，可不是。」唯一也不傻，都聽懂了，也不抬頭看我們兩個，直接咬著杏仁，傲嬌道：「我累了，都走吧。」

也好，我有話對黑狐狸說，便直接拉著段又宏出門了。

段又宏打哈哈：「綺姐，我們沒事的，你別擔心。」一笑，臥蠶明顯，蓄積著無限黑色電力，他要是想對外發射一下，大概很少有女人能抵擋得住。有些男人並不帥，魅力卻一等一，就像段又宏這樣。

我問：「你家未婚妻知道今天的事嗎？」有點敲山震虎的味道。可惜虎沒震著，段又宏輕輕一笑：「綺姐，男女之事，最有趣之處不就在於你情我願，我從來沒強迫過任何女人，你應該知道的。」一句你情我願徹底壓死了我，唯一她自己心甘情願，誰也沒有資格評論。

但有些話，我還是不得不說：「唯一脾氣不太好，又任性，性格也躁，但至少她是眞心喜歡你。其實我自己的感情也處理得不夠好，所以沒什麼資格說你們。但有一點，一旦你和別的女人結了婚，就不要再跟唯一聯絡，你不能害了她。」印象中，這還是我第一次對段又宏說這麼多話。段又宏的外表像英國紳士，內裡卻是西班牙海盜：「綺姐，我一向只會害敵人，不會動自己的女人。」

兩人都是痛快的人，話說多了也沒意思，關於唯一的談話到此爲止。本想自己叫車離開，段又宏卻堅持送我，於是麻煩他送我到一家常去的粵式甜品店。下車時，段又宏搶著替我開車門，把裝著高跟鞋的紙袋遞到我手上，最後還擁抱了一下才走。

跟這隻黑狐狸談判也算是一件非常費體力的事，我吁口氣，正準備走進店裡點一份雙皮奶來吃，抬眼，卻發現了小邪氣。他斜倚在車旁，身著黑襯衫，眼旁一顆黑痣，仔細一看很有點吸血鬼的氣質——纖長、邪惡、白皙、高貴。

但這會兒可容不得我犯花癡，此人來意不善。一天之內，接連兩次都撞見，可不能用巧字來解釋了。逕直走入甜品店，要了東西，一邊吃一邊等他進來。跟蹤的人是和一，該給個解釋的人理應也是他。

沒預料錯，就在我舀起第三勺雙皮奶時，和一進來了，而且在我對面坐下。第一句話再怎麼樣也輪不到我說，於是埋首甜品碗繼續奮鬥。

和一是個聰明的孩子，開門見山也開得如此直接：「你就不想問問，我爲什麼跟蹤你？」我沒回答他，而是問了另一個問題：「你會把今天的事情告訴唐宋？」和一瞇起眼：「你希望怎麼樣，我就怎麼做。」這和一看上去一副貴公子相，面貌白皙，映襯著我面前的雙皮奶，很是融洽，我說：「我希望你——你想怎麼樣，就怎麼樣。」這句話反倒憋住了和一，因爲面前的他，半晌沒怎麼出聲。

雙皮奶滿小一份，很快就吃完，側頭看向窗外，光滑的玻璃映著我跟和一的淡淡影子。看著和一的影子，我問：「你怕我做出什麼讓唐宋受傷的事？」和一答道：「不會的。我的意思是，你不是那個能讓他受傷的女人。」語氣一派平靜，他並非故意要傷害我，只是道出了一個事實。

是啊，男人只會被自己所愛的女人傷害，對唐宋而言，那個女人的名字只有一個——范韻，並非秦綺。我用勺子輕輕刮著白瓷碗的邊緣，勺內逐漸聚集起一層白膩，反問著：「既然如此，你又有什麼好擔心的？」

和一托腮回答，雙眸眨闔之間有股冷靜的邪氣：「我並不擔心啊，只是覺得最近生活滿無聊的。」我倒不怎麼詫異：「所以拿我生活調劑品？」這些公子哥，物質層次過得太豐富，導致精神層次過於貧瘠，更瘋狂的事蹟我都聽說過，跟蹤友人的新婚妻子又算得了什麼！

和一說：「我只是覺得好奇。」我問：「好奇什麼？」和一不疾不徐地答：「好奇……當有其他人身條件優秀的競爭者出現時，一個女人能否堅持自己最初的……那份感情？」

他這番話像支小鐵錘，突地擊打在我心上，木鈍鈍的，還泛著冷。他必定知道了些什麼。就在那天晚上，就在醉酒的那個晚上，我必定吐露了什麼祕密。只是，他既然沒說，我也不好自行扯明。兩人就這麼對視著玻璃中的彼此，內裡心機盤算打翻了天。

這天，段又宏從唯一的家載我到甜品店，和一則從甜品店載我回家。一路上，我和他什麼話都沒說。在我，是話不投機半句多，在他，則是貓捉耗子，在乎的不是吃下，而是玩耍的過程；後面的事情，還多著呢。

無論內心如何混亂，工作還是要繼續的，募款活動如期在兩天後舉行。當天一大早，我便趕到指定地點換禮服、做造型。

完成後往鏡子裡一照，嚇得我心肝顫，這張臉紅的太紅、白的太白，眼皮褶子裡滿是碧藍碧藍的粉，假睫毛根根分明，就這麼步出去，準能把活的嚇成死的，把公的嚇成母的。轉頭一看小李子，頓覺——心裡平衡了不少，人家一清新可愛的大男孩活脫脫被化成一小太監，那嘴唇像剛喝了人血。

胡主任看著我倆的妝，臉上綻開的菊花像施肥過量，燦爛得駭人，嘴裡卻直說：「很好嘛，不錯不錯，徹底展現我們這個單位年輕人的精神風貌。」我心裡陰暗地懷疑，胡主任硬把我們帶到這家店化妝，肯定是跟……那胖胖的老闆娘有一腿。但小李子卻認爲，胡主任是跟那瘦瘦的老闆有兩腿，和他這麼一對比，我頓時覺得自己的心理還是很浩然光明的。

無論這身妝扮再怎麼鄉土，最後，還是像鴨子般被趕上了舞臺。我和小李子深吸口氣，聲情並茂地開始了主持工作。一切十分順利，直到募款階段來到。

由於募款是採現場進行，事先並不知道會有哪些公司行號捐贈，以及所捐金額大小，而是當場以小紙條形式遞到主持人手中。當我在臺上唸到和一的名字時，心震了一下；再唸到瑋瑋的名字時，心又咚了一下；最後唸到唐宋的名字時，小心肝簡直要承受不住了。

好不容易平靜地下了舞臺，往場上一瞅，穠麗天空下，有和一那雙小邪惡眼神，有瑋瑋那對深藍眼眸，唯獨沒有唐宋。想見到的那人沒來，這憋屈僅次於上完廁所才發現身邊沒廁紙，只見鋼刷。

活動結束後，瑋瑋直接走人，他的等待也如同他的眸子，是沉靜的海，不會給予任何喧囂和煩擾。做為女人，我很幸運，因爲有他這般靜靜等待的人；同時也深知，做爲女人，我很悲哀，因爲身體永遠無法背叛自己的心，死心眼地等待這輩子一直愛著、並且只愛著的那個人。

瑋瑋好弄，和一難搞。活動結束後，主持人、長官們，還有幾個捐款金額較大的企業主全都一塊兒來到旁邊的林園吃飯。不知是有意還是天意，和一就坐在我旁邊。

這種飯局上，大家說的都是官話，我平民百姓一個，只顧低頭吃東西。吃著吃著，話題卻不知怎地來到了我頭上。

某位長官先開的頭：「今天的活動，兩位主持人表現得很好。」另一位長官接著說：「那當然，這位是秦副主任的大千金，虎父無犬女嘛。」還有一位長官更誇張，瞅著我的臉看了半晌，最後逼自己說出：「小秦的容貌好氣質佳，不愧是秦副主任的女兒。」這麼一說，其他各級長官也只能違心附和，只能瞅著我這張白紅藍交雜的臉，逼著自己道：「是啊，容貌好氣質佳，容貌好氣質佳！」

我懺悔自己徹底毀掉「容貌好氣質佳」這個形容，正懺悔著，卻聽見和一在旁輕笑。再怎麼說我也是個女人，不是一條漢子，無法容忍男人對自己的容貌有意見，便小聲解釋道：「是化妝的問題，你懂的。」和一繼續輕笑：「很好啊，這臉妝滿喜慶的。」完了，「喜慶」這詞也被和一糟蹋了。

雖說中國文化根基深厚，詞語如海浩瀚，但也經不起我們這麼糟蹋。爲了大局著想，我決定暫停跟和一對話。但和一完全沒有我這方面的覺悟，居然趁眾人不注意時在我耳邊幽聲道：「譚瑋瑋和你，到底是什麼關係？」才幾天時間就摸清楚瑋瑋的底細，這和一確實是個人精。我反問：「我說的話，你會信嗎？」他沒有直接回答，繼續側面問道：「你好像不喜歡他。」我道：「喜歡，但，是另一種喜歡。」

和一轉變話題的速度還眞快：「今晚有空嗎？」我實話實說：「有空，但，會老實待在家裡看書。」和一同樣實話實說：「在家裡等唐宋？今晚若沒有意外，他應該不會回去。」見我半天沒反應，和一察覺出了什麼味道：「你……知道原因，是嗎？」我停了半晌，最終點頭；和一看我半晌，最終什麼也沒說。

這頓飯吃到尾聲時，天色已經全黑，和一接到一通電話，走了出去。

酒也喝得差不多了，各級長官們準備離席，我自然跟著大夥的路線走。但一不小心被和一逮住，他開著那輛積架進口車攔在我面前，打開車門，命令道：「上來！」我忙婉謝好意：「不麻煩你送了。」儘管並非光天化日，但畢竟孤男寡女，被人看見總是不太好，是以我拒絕了。可是和一的神色很嚴肅，少見的嚴肅：「我送你去醫院，唐宋……出了車禍。」

坐上和一的車，腦子有點放空，心上像出現了許多細密的小洞，一點點地落下去。兩人都沒說話，只剩霓虹燈光在眼底流溢。太安靜了。和一打開收音機，電臺正播放著一首老歌，那軟綿之音輕聲哼唱著——「如果沒有遇見你，我將會是在哪裡？日子過得怎麼樣，人生是否要珍惜？也許認識某一人，過著平凡的日子。不知道會不會，也有愛情甜如蜜……」眞的是，很老的歌。

到了醫院才發現，和一跟我來得有點遲，楊楊、阿芳等一眾好友早在那兒等候多時。見和一跟我一塊兒出現，阿芳眼中閃現一絲狐疑，但特殊狀況、特殊場合之下，也沒時間讓她多想。

「頭破皮，肋骨斷了一根，沒有血氣胸現象，沒開刀，休養著。」楊楊言簡意賅，沒讓我們受太多情緒折磨。末了，又補充一句，「醫生說只讓親屬進去，那個……嫂子你進去吧。」這種時候也別講客氣了，我點點頭，推門直接進去。

一進門，就聽見唐宋他媽，也就是我婆婆略帶淚聲的尾音：「你……忘了她吧。」這個她，指的自然是范韻。見我進來，婆婆立即打住，擠出一個笑容：「小綺來了！」

「媽——」我特溫柔、特賢淑地叫了一聲，眼睛卻忍不住搶先看了看唐宋——他躺在病床上，額角潔白繃帶上浸染著血花，膏藥膠布固定著胸廓。臉色有點蒼白，但依舊保持那種斯文淡靜到高貴的氣質。看見我，他略微虛弱地笑，說：「開車時沒留意，撞上了路邊的花壇，沒什麼事，別擔心。」他這麼安慰道，我咬咬下唇，什麼也沒說。

婆婆故作正常地嗔怪著：「結婚了，明年都該抱孩子了，還這麼不懂事，眞是的。」話語中卻意有所指。我替唐宋道：「吃一塹長一智，他下次不會這麼大意了。」婆婆一邊取笑我，一邊看著唐宋，道：「看看，還是自家媳婦心疼你。你啊，娶了這麼好的媳婦，就該時時刻刻想著，別以爲自己現在還是一個人，還能不把自己的身體當回事。」唐宋自始至終都微笑地看著我們。

婆婆拉過我的手，一下下地拍著，笑道：「你公公現在每次打電話回家，都問你的肚子有沒有情況，我就笑了，哪有這麼快。」好囉，您笑，我也只能笑，於是，我呵呵地開始傻笑。

「不過，小綺啊，趁現在年輕，趕緊把孩子生了，身材什麼的都容易恢復，對孩子也好。」婆婆拍我手的頻率雖慢，力道卻不輕，這明顯是下懿旨要我快快有孕。

其實我不反對生孩子，但麻煩的是我家那塊自留地，唐宋這小壯牛壓根兒沒耕過，他老人家播的是空氣，我哪有資格能耐長出嫩玉米——因此，還是只能乾笑。要是我有那雌雄同體的技能該多好，多先進，不求人哪。

這次輪到唐宋幫我解圍：「媽，小綺今天忙了一整天，明天還要上班，先讓她回去休息吧。」婆婆也說：「是啊，可別累著了。小綺啊，你先回去吧。」想必唐宋和婆婆還有話要說，我也識趣地離開。

一走出病房，便聽見阿芳訓斥的聲音：「忘了今天是范韻的生日了？你們這群狐朋狗友，平日裡聚得多開心，偏偏今天個個都有事，沒一個人看住他！他要是再喝多一些，直接就開到江裡去了，泡都冒不出一個，看你們以後找誰喝酒！」某個狐朋狗友爲自己解釋：「以往都是他和范韻單獨過，久而久之，都疏忽了。」

和一接著冷靜說道：「事情發生都發生了，扯這些有什麼用？」接觸過幾次，我也觀察出小心得了。感覺上，他在這夥人之中有點軍師幕僚的威嚴，往往一句話便能活絡僵硬的氣氛，或是穩住眾人急躁的情緒。

不想再撞見他們，我放棄搭電梯，直接走樓梯，下樓叫車離開。

回家的路上，我要司機在一家蛋糕店前停下，買了一個小生日蛋糕，還有一包菸。

其實，我早就知道唐宋今晚不會回家，正如早就知道今天是范韻的生日。他一定會回到高中校園，會前往某間餐廳，會去我所不知的、有著他倆回憶的地方。總之，他不會回家。

到家後，我也沒拿刀切，直接用勺子舀著吃，吃膩了擦擦嘴，點上一根菸。這玩意兒我跟唯一都會抽，但只在賊鬱悶的時候才抽，就像現在。我想我錯了，世界上最憋屈的事，不是上完廁所才發現身邊沒廁紙只有鋼刷，不是最想見到的那個人沒來，而是自己的生日和情敵是同一天——其實，今天也是我生日。

吃完、抽完，也就上床睡覺了，還能怎麼辦！范韻的存在，我在結婚前就知道得一清二楚、深入骨髓，沒人騙我，沒人欺我，一切皆是自願，何苦擺出一副童養媳的哀怨相？路是自己選的，哭哭啼啼地走，算什麼英雄好漢。

一覺醒來，陽光依舊燦爛，請個小假，在家慢熬烏鱧湯，帶到醫院。打開，湯汁嫩白，魚質鮮嫩，對骨頭的恢復，大好。

唐宋有個特點，即便再落魄，身上也有一股貴氣，很是從容，彷彿什麼也不值得他驚惶，對任何事物都包容。就像現在，即便懶散地躺在病床上，鬍子拉碴，仍無一絲落難氣息，真難得。

餵他喝湯——這種動作因親密程度不夠，系統暫時禁止進行，因此拿根吸管讓他自己解決。

婆婆守了他一晚上，撐不住，先回去休息了。但不放心，留下家中老傭人陳媽負責照顧唐宋。一見我來，陳媽立刻知趣地離開，留下足夠的時間空間給我倆。

唐宋把湯喝了個底朝天：「謝謝，味道很好。」其實，他從來都對湯這玩意兒沒什麼好感，平日在飯桌上幾乎毫不動勺，今天也不過是給我面子，或者是爲了彌補自己的愧疚。這孩子，愧疚個啥？我又不是被人拿刀逼著嫁你，真是。不過，再這麼杵在這兒，唐宋想必更不自在。我收拾好東西，準備回家，不料正撞見醫生來查房。

「喲，好香的湯，唐先生你口福不淺啊。」那醫生我沒仔細看，只覺得頗年輕，還有就是聲線滿高的，聽起來沒什麼心機。唐宋笑著看看我，道：「是我太太爲我熬的。小綺，你先回去休息吧。」我笑著回應了一下，拿著東西正準備走出病房，卻被那毫無心機的高聲調叫住：「秦綺？是吧？你是秦綺吧？」仔細盯著他半晌，腦中還是空白，我心裡「噗通」一聲，連聲叫慘，未老先衰啊未老先衰，怎麼一點印象也沒有！

但這位年輕醫生卻絲毫不在意，指著自己的臉，道：「我是蘇家明啊，記得嗎？蘇家明，你小時候總是叫我輸家。對了，那年你幾歲啊……十二歲是吧，對對對，小學六年級，你從樓梯上摔下來，左小腿骨折，躺在我爸那間醫院兩個月，我沒事就去找你玩，記得嗎？」

我點點頭，想起來了。原來是那個腦袋後面蓄條小辮子、總是穿著溜冰鞋在我病床邊溜來溜去的小屁孩。不過，我對他的模樣確實沒什麼印象。

「哎呀，你長得跟小時候沒什麼兩樣，我剛一看見你就覺得眼熟。欸，你這麼年輕就結婚了？」我低頭看了看錶，靜靜道：「是啊。我還有點事，先走了，下次我們再聊。」說完快步走出去，我想只要是人，都看得出我像在逃避些什麼。

背脊靠著病房外的牆壁，閉上眼，似乎又聽見十多年前那個腦袋後面蓄條小辮子的男孩湊近我床邊，輕聲問道：「欸，秦綺，你不是你媽親生的吧？」當時，我覺得他好煩，說話也沒好氣：「你才不是你媽親生的！」他輕輕湊近我耳朵，問道：「那，爲什麼你媽要推你下樓？」

走廊上，正有護士推著病床經過，輪子在大理石上滑過，冰冷的機械聲傳到我體內，激起一陣顫慄，將我從回憶裡拉了出來。這才驚覺，背脊滿是密密麻麻的冷汗。不堪的回憶就不要去想，我收回思緒。

病房內，卻傳來唐宋的一縷話，鑽入了我耳內：「蘇醫生，你剛剛說我太太小時候左小腿骨折，能告訴我是怎麼回事嗎？」蘇家明這大嘴巴，道：「她沒跟你說過啊！噢，是這樣的，以前小時候我仗著我爸是院長，常跑去他醫院的兒科到處找人玩。五年級那個暑假正好撞見秦綺，她從家裡的樓梯上摔下來，左小腿骨折，躺在醫院滿久的，我沒事就去逗她，她還不理我……嘿嘿，這些就不說了。不過，欸，你知道她和她媽的事情嗎？」

唐宋表示不知。蘇家明興致盎然地繼續說著：「是這樣的，當時她被送到我爸的醫院時，滿神祕的，她家裡一直不想被人知道發生了什麼事。後來，我無意中聽我媽背地裡說，原來她當時摔下樓是被……」我趕緊衝進病房，打斷他們的談話：「哎，我的鑰匙是不是忘在這兒了？」事到如今只能闖入，否則不知道蘇家明那張嘴還要放出些什麼消息來。

我當起了演技派，低頭在地上瞅了一圈，最後打開自己的手提包，笑笑：「哎，太迷糊了，明明在這兒，還害我跑回來找一趟。」唐宋安靜地看著我，我很清楚，他知道我所做的一切。「蘇醫生，對了，你出來一下，我跟你說件事。」也不管突不突兀，我趕緊拖著蘇家明這個大嘴巴出了病房。

蘇家明笑咪咪地開玩笑：「欸欸欸，男女授受不親，況且你還是已婚婦女了，注意你的言行舉止。」我也笑咪咪地喊了他小時候的綽號：「輸家，有些事情沒有經過當事人同意，是不能說的，明白嗎？」蘇家明跟我抬槓：「他不是你老公嗎？夫妻之間有什麼不能說的？」

我指指自己的眼睛，問道：「看著這對照子，看見什麼了嗎？」蘇家明吞口唾沫，輕聲道：「殺氣……」我笑笑：「知道就好，要是你說出了我不想讓人家知道的事，就別怪我心狠手辣。」印象中，我記得這個蘇家明滿怕我的。現在想來，他當時的確有事沒事就來病房找我說話，還經常被我吐槽。

但蘇家明長大了，學會威脅我了：「要我不說也可以，但你要答應請我吃飯。」不過吃飯而已，我點頭答應。蘇家明繼續笑，小牙齒還滿白的：「今天我有個手術要做，恐怕不行。明天晚上吧，在沁易居，我去訂包廂。」我應了，看看時間不早，便和他道再見，準備走人。走沒幾步，蘇家明在後面叫我：「秦綺，你可一定要來啊！」我揮揮手：「嗯，再見。」

走出醫院，一顆心放下了，這蘇家明應該不會再胡亂說出什麼不該說的話。回家路上途經百貨商場，發現新裝上市便進去逛逛，一逛一個小時，買了一條裙子和一雙鞋。末了，拿出結婚時唐宋給的信用卡，直接刷了，當作是他送我的生日禮物。

正準備繼續逛，卻被一個熟悉的聲音叫住：「欸，芸眉，這不是你們家小綺嗎？」今天黃曆上寫著「忌出行」，我沒聽從老祖宗的話，撞見了太太群。全是些四五十歲的貴婦人，個個雍容華貴，保養得當，爲首的正是我媽。

「媽，陳阿姨，李阿姨，杜阿姨。」我一個個招呼著。媽的老閨密杜姨拉著我的手，笑道：「好久不見，越長越漂亮了。欸，芸眉，你常說你們家小麗長得像你，我看啊，小綺更像你年輕的時候……欸，對了，小綺，我好像聽你叔叔說，你們家唐宋進醫院了，怎麼回事？」

我輕描淡寫地回答：「沒什麼事，就是開車時不小心，擦撞了一下，正在醫院休養。阿姨，你們來買什麼啊？」杜姨笑道：「哎，沒買什麼。你妹妹不是下個月生日嗎？你媽媽替她訂了一個包包，今天到貨，我們陪她一塊兒來看看。」我看了看媽手上拎的紙袋，沒錯，是秦麗喜歡的那個牌子。

杜姨為人熱絡：「小綺，你生日是什麼時候？你看阿姨這記性，一下就忘了。」我微笑，打著哈哈：「還早還早，等近了的時候，一定向杜姨討禮物。」確實還早，還有三百六十四天呢。媽大概看不慣我和杜姨唱起雙簧，開始發話：「下個月你妹妹生日，記得回來。」我笑道：「嗯，我記得。」小麗的生日，我們每年都會幫她過。

又說了一會兒話，看媽的神情有點不耐煩，我也識時務地告辭。

商場外有一家冰淇淋店，走進去，點了大份的藍姆葡萄冰淇淋，上面嵌著葡萄，酒香縈繞，綿延鬆軟，味覺豐富，愛恨交織，透骨入髓。可能是冰淇淋裡的酒，也可能是剛才遇見的人，我腦子裡忽然閃現出一些聲音片段——

「你就只關心秦麗，你從來沒有把我當你的女兒！」

「你受到的是什麼教育？誰准許你對著父母大吼大叫的？」

「父母！好，你說，我爸在哪裡？」

「小麗的爸就是你的爸爸。」

「我親生的爸爸在哪裡？如果你不想要我，那告訴我他的地址，我去找他，我不會讓你再看見我！」

「你以爲他會要你，他是全天下最低級的男人。」

「我不許你說我爸的壞話！」

「聽好了，你爸是個低劣的窮光蛋，身體裡流著下等人的血液。」

「你恨他，也恨我，你認爲……我也流有同樣下等的血液，是嗎？」

「……是的。」

眼睛有點痠澀，揉了揉耳朵，打斷那些聲音。人眞是有自虐傾向，越難受的事越要回憶。

回家路上買了些食材，一路上接到好幾個人的電話。

第一個是唯一，開口就是：「知道你生日時不想被人打擾，所以簡訊也沒敢發一個，但生日禮物你是絕對要的，想到要什麼，就打個電話給姐姐我。還有，我現在已經代表中華憤青在美帝進行腐蝕活動了，暫時不回來，要喝酒什麼的，自己來美國找我。」

第二個是唯一她哥，先祝我生日快樂，禮物隨後就到，還有就是他暫時要再去北京一趟，處理技術方面的問題，要我有事找他。

第三個就是我妹秦麗，那小嘴利索得很，別人一口氣還沒轉上來，她就連說了兩句話：「姐啊，我是小麗，知道你有個怪習慣不讓人替你過生日，所以昨天沒敢煩你。今天有空吧，晚上一起聚聚，我來接你，我們兩個去好好野一下，就這麼說定了。」

Chapter Three

幸好你沒說，這輩子你只會愛一次

自家妹子好不容易召喚一次，再怎麼說也得給點面子，把唐宋的湯熬好後，我穿衣化妝，弄好之後看電視影集。看到一半，秦麗開始打手機奪命連環催，我趕緊下樓開門。一瞅，不得了，眼前有輛熟悉的積架跑車。

秦麗從副駕駛座伸出頭，喚道：「姐，快上來！」都成這局面了，我還有打退堂鼓的機會嗎？沒法子，只好硬著頭皮上車。駕駛座上，和一那小邪惡眼神與我在後視鏡中對撞。確實不簡單啊，沒幾天就纏上秦麗了。

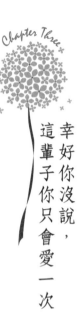

秦麗指著和一道：「姐啊，和一你認識吧，是姐夫的朋友。他人真好，特地放下手中的事情跟我一起來接你。」我搖搖頭，我單純的妹子啊，你被人賣了還替人數鈔票？

和一問：「秦綺，你昨天沒睡好啊？眼圈都是黑的。」我掏出鏡子一看，什麼啊，沒常識，明明是天氣太熱，我兩個小時前畫的眼線有點暈開了。他又補了一句：「我還以爲，你爲了唐宋熬夜呢。」和一微低著下頜開車，也沒看清他是啥表情，但從聲音聽起來像是在笑。

秦麗也關心地問：「對了，聽爸說，姐夫出車禍了，我想說找個什麼時間去探望，但又怕太打擾。姐，你昨天過生日，沒過好吧。」和一從鏡中瞅我一眼：「生日？」秦麗這孩子簡直恨不得把我給賣了：「是啊，昨天是我姐生日。」

和一輕道：「眞巧，都是同一天生日。」前面變換成紅燈，和一煞車。秦麗好奇：「還有誰是昨天生日？」和一不懷好意地笑：「你問你姐。」我簡短解釋：「一個故人。」和一聽了，倒沒說什麼。綠燈一亮，往前一衝，帶著我們奔馳在酒池肉林的路上。

這次去的是個新地方，新開張的酒吧，名叫 The Garden of Eden，伊甸園，好名字，純潔地掩飾了裡面的肉慾邪念。門外排著長龍，兩名黑人大漢在門口如山一般站著，有邀請函才能放人進來。跟著和一確實能耍點特權，兩名大漢恭敬地喊了一聲「和先生」，便放我們通行。

進去一看，確實開了眼界，那叫一個肉慾橫流，那叫一個奢靡曖昧。裡面有兩層樓，全是紅紫色調，所有擺飾皆爲東南亞風格，處處掛滿輕紗帷幔，侍者全著異域服飾，臉上披著面紗。

第一層的舞臺上，一身材曼妙的女人隨著音樂扭動身體，一雙鳳眸勾魂攝魄，每寸肌膚閃爍著誘惑的光澤，每個動作都像蠱蟲，直鑽入男人體內，逗弄得人心內搔癢難忍。第二層全是貴賓區，樓梯口有人守著，上去一看，沒有桌子，全是床，柔軟低矮的異域大床，每張床之間有帷幔相隔，訴說著曖昧的隱私；還有兩個起碼D罩杯的絕妙女子，在旁拿著羽毛扇子服侍。我開始恨自己不是男人，否則夜夜笙歌於此，人生絕無憾事。

秦麗湊近我耳朵，替我這土貨講解：「姐，你第一次來吧。跟你說喔，這裡簡直就是世外桃源，這裡只有超級會員才能帶人進來。進來之後，你想要什麼東西，他們都能替你弄來。」

我沉下臉警告秦麗：「不該碰的別碰啊！」最怕的就是這些孩子不學好，吸毒什麼的。秦麗的腦子還算清楚：「放心，姐。我好端端一花樣年華未婚女青年，又沒失戀又沒失身的，幹嘛去碰那玩意兒。」

我問：「你來過幾次？」在我面前，秦麗不撒謊：「這是第二次。」我接著問：「怎麼認識和一的？」秦麗噘嘴：「上次，媽不是要姐夫替我介紹對象嗎？」我皺眉：「所以，唐宋就替你介紹了和一？」這唐宋，不會吧，我媽拿我禍害了你一下，你就馬上用和一禍害我妹，這心胸，也太狹隘了！

秦麗忙道：「哎呀，姐，你聽我說完嘛。姐夫替我介紹的是個好好先生，學歷好、家世好，而且也是未來的好丈夫，可惜我沒福氣，偏偏不喜歡，看上別人了。」確實啊，人家那文藝腔都怎麼說的——「那些都是很好很好的……，可是我偏不喜歡。」秦麗和我一樣，喜歡自虐。

我心一驚，忙問：「難不成你看上和一了？」要眞是這樣，和一這傢伙不把秦麗的骨頭撕來啃了。秦麗立刻否認，我稍稍放下心。秦麗將小手往樓下一指：「我看上的是他。」我順著一看，差點沒暈過去——秦麗這次栽了。楊楊，居然是楊楊。我說，我們姐妹倆上輩子是造了什麼孽，喜歡的男人心裡都裝著范韻。

緩過神來，我問：「他對你有什麼感覺？」秦麗一看就是在感情上沒受過傷的孩子，初生之犢不畏虎：「現在沒感覺，不過以後就會有了。」我說：「如果還認我這個姐，就放棄他。」秦麗問：「爲什麼？」我一語帶過：「他心裡有別人。」秦麗一派天眞：「那是以前。」我不放棄：「現在也還是。」秦麗不屈不撓：「以後就只有我了。」

我想了想，實在想不出其他攔阻的理由。女人，最怕栽進的不是泥坑、不是火山，而是感情，到時候即便柯博文和密卡登這兩尊正邪變形金剛合體，都拉不回她。我擔心她叛逆心大盛，只好暫時不再提這事。

秦麗說著，一邊奔下了樓：「姐，我下去跟他說說話。」在我眼中，她那苗條的小身影就像一隻待宰的小羔羊。正出神看著，一杯酒貼在我面頰上，冰的，玻璃上全是冒著寒氣的水珠。和一特有的好處，就是和我的想法時時接軌，他輕笑道：「你們姐妹倆，上輩子一定是挖了范韻家的祖墳。」我接過酒，喝一口，涼意灌入喉嚨，將煩雜的世事冰凍下來。

樓下傳來靡靡的音樂，灌入耳內，像是迷魂湯——「別歎息，色是空，空是色。色變空啊空變色……」他媽的，什麼都是虛的，今朝有酒今朝醉，我一口灌下了全部的酒。

和一笑道：「這酒的後勁可大了。」他的聲音混著那靡靡之音，聽上去，讓耳朵癢癢的。我看著和一，問道：「你是不是喜歡上我了？」此刻，我倆躺在那張紫色絲絨大床上，兩旁是蒙著臉的侍者，輕柔的大羽毛扇輕輕扇動著，鼓動著空氣中的慾念。

和一仍舊在笑，細長眼眸在黝黯曖昧的燈光下恍如滑過秋水的刀，看似溫柔卻最是無情。我憑直覺感受得出，愛上這樣的男人將死無葬身之地。然而，世事正是如此，越危險的東西，人越想去碰觸，就像罌粟；越讓人難受的食物，人越想品嘗，就像辣椒；越愛不得的男人，女人偏要去愛，就像和一。過去、現在、未來，不知有多少女人爲他碎一地的心渣渣。

和一跟我說話從不遮掩，他左眼角的痣在我微醺的面前晃動：「沒錯，我喜歡你，但，離愛還很遠。」我微笑的弧度有點大：「『愛』這東西啊，就像提包界的鉑金包，手錶界的百達翡麗，轎車界的勞斯萊斯。普通人，一輩子買不起幾次的。」我有點迷亂地說著……和一說得沒錯，這酒確實後勁很大。

和一似乎湊近了些：「還好你沒告訴我，這輩子你只會愛一次。」這會兒，軟綿的床在中間形成了弧度，我和他的身體如同陷入流沙，不可避免地碰觸在一起。他伸手替我拂去臉頰一絲散亂的髮，繼續道，「否則，對我很不公平，不是嗎？」我提醒他：「你只是喜歡，不會愛上我。」和一也提醒我：「但，我並不反對你愛上我。」我想，這傢伙眞是個自私得近乎可愛的男人。

和一問：「有時我在想，你到底是不是眞的愛唐宋？如果愛，爲什麼一點也不嫉妒？」我說：「因爲我沒有嫉妒的資格，我是個局外人。」酒是好酒，喝多了，也就放開了，變得不像平時的我。和一微笑道，那笑容太邪惡，居然提煉出了純度：「適時的嫉妒是好的。有那麼一次，我就有點嫉妒你看著唐宋的表情。」

他貼近我的面頰，呼吸綻放在我肌膚之上，我還沒醉倒，卻任由他吻了我。

第一個吻我的男人是唐宋，是他向我求婚的那個午後。回憶中，他的唇是冷的，像個絕望的人抓住一塊浮木，他並不想求生，他對自己的生死已經不再關心，他只想做給岸上的親人看，表示他還活著，像他們期望的那樣存活著。而我，則是那塊浮木。

但和一的吻卻是灼熱的，就像剛喝下的那杯冰酒，你無法想像，那杯冷得足以讓玻璃杯結出小冰珠的酒，居然能讓你整個人的血液逐漸燃燒沸騰。樓下的靡音，依舊如輕紗縈繞著我們。和一的唇是冷的，吻卻是滾燙的，他像異域的火焰，想逐漸焚燒我的身體。

唇與唇在勾結，舌與舌在狼狽爲奸，他主動攀爬著我的嘴，極盡誘惑之能事。翻滾、挑逗、點觸，酒精的味道在口腔中肆虐，從細小的通道竄入腦內，蠱惑著那些清醒的、尊重世俗的細胞。

他的手在我的頸脖處撫弄著，並沒有繼續往下——他要的並不是肉慾。他是個有經驗的男人，手指每一次都能觸碰到我敏感之處，那些敏感透過頸部的動脈傳導至心臟，沿路灑下深紫色的跳動。

他輕咬著我的下唇，調情式的接吻讓我口腔麻木，彷若置身高原，呼吸也開始變得困難。自始至終，我都沒有一絲抗拒，只管享受這男女之間的悸動，兩具身體之間氣味的碰撞……儘管，我全程都緊閉著眼眸。

我在想些什麼。

在酒精的蠱惑，以及周圍流動的愛恨嗔癡貪戀狂的包裹中，我迷失了，思緒飄向其他地方——幽涼香氣的玫瑰，一半浸於陽光、一半浸於陰影中的我，那個有著讓人沉迷氣息的男人。電影《地獄新娘》中，艾米麗對維特說：「我愛你，但是你並不屬於我。」當時，我看著陰影處那男人英俊的面孔，在心中說出了另一句話：「你並不屬於我，但是我愛你。」因此在下一刻，我答應了他的求婚，即便很清楚他心裡強悍地駐紮著另一個女人的身影。嫁給他的念頭，萌生在意識到自己愛上那個男人的那一刻，堅定於和那個男人相親的那一刻。

相親之前我並不知道對方的姓名，只是順從父母之命前去。那段日子久雨不晴，地上泥濘，我下班後趕到約定的餐廳，不希望小腿沾滿髒泥，便退到角落俯身擦拭。待抬頭，瞥見門口進來一男子，漫天大雨下，靜雅如樹，文致若書，熟悉得讓我臉頰肌膚突突跳動。那一刻我就知道，這輩子是逃不掉了。

唇上忽然失卻了熱度，周圍的靡靡之音重新回歸耳內——和一放開了我。

睜開眼，我看見他安靜地側躺在床上。他指責，微笑地指責：「你在想像另一個人。」我並沒有羞愧或是其他情緒：「因爲，你在吻另一個人的妻子。」和一偏著頭看我：「他不肯吻你，所以你准許我吻你，把我想像成他，是嗎？眞狠心。」儘管燈光晦暗，但和一的笑還是鮮明地傳來。我看著他，並沒有意識到自己的眼神冷漠：「主動的並不是我。」

和一問：「想把他從你心中拔除，需要多久的時間？」我很誠實：「沒試過。從愛上他開始，他就沒從我心中拔除過。」和一說：「我想試試看。」他眼角的淚痣像針，能在人的心上狠扎一下。

我沒有回話，也來不及，因爲樓下大廳傳來一陣鬧事的嘈雜聲，我聽見裡頭有秦麗的尖叫。聞聲，一顆心像要從口腔中蹦出，忙起身，卻因微醺而無法如願，重新跌入了軟床。是和一撈起了我，兩人一塊兒迅速下樓。

打鬧聲是從大廳右側角落傳出的，待我們趕到時，幾名黑人大漢已將局面控制住。走過去一看，發現楊楊的頭上滿是血污，秦麗則捂住自己的手臂，緊皺著眉頭。我走過去想仔細查看，才剛碰上她的手臂，掌心便傳來黏濕之感——秦麗的手臂被刀捅了一個大窟窿，鮮血汩汩流淌，一只袖子濕透了。

和一低聲向趕來的主管囑咐了兩句，忙幫著我扶他們兩人去醫院。離這裡最近的大醫院正好是唐宋住的那間，此刻也管不了那麼多，先安頓好兩人再說。

途中接了一通電話，是媽打來的，很訝異她居然有我的電話號碼，印象中，我們幾乎沒怎麼通過電話。她劈頭便問：「秦麗呢？」後來才知道，秦麗的手機在打鬥中遺失，媽只能打我的手機詢問。事情是瞞不住的，我只能實話以告，那邊不等我說完便掛了電話。

忙著掛號、繳費、安撫受傷的兩人，待忙得差不多，已經一個小時過去了。其間，和一接到了幾通電話，臉色很不好。等兩人傷勢穩定，他告訴我要去處理這事，問我一個人能不能照料得過來。自家的妹妹，以及妹妹的心上人，哪有什麼照料不來的，我要他安心去辦事。

還好兩人都沒傷到要害，也不知道秦麗是否在百傷之中掏錢賄賂了醫生，兩人居然住在同一間病房。正服侍著他們，門口卻悄悄地走進另一名患者——唐宋。我有點恍惚，難不成唐宋是千里眼還順風耳來著，我訝異：「你怎麼知——」

唐宋解釋：「護士說，她看見你跟和一，扶著兩個滿身是血的人進來。我猜出事了，趕緊過來看看。」我提醒：「你還骨折著呢，醫生不是要你少下床活動？」唐宋反問：「這到底是怎麼回事？」我也想知道：「問楊楊吧！」

由於失血過多，楊楊一張小俊臉蒼白白的，聲音聽上去有些衰落：「那夥人藉機發生口角，說沒兩句就朝我掏刀子，我猜是有備而來。唐宋，看來我們得罪人了。」我轉頭問秦麗：「那些人也對你掏刀子了？」這孩子的嘴唇全白了，也難怪，那失血量夠我的大姨媽上門十次。楊楊幫她回答，說話時，低著眼睛：「秦麗幫我頂了一刀。」

我深深地看了秦麗一眼——「噢，美女救英雄。」要是那刀不長眼，捅中了胸口一命嗚呼，楊楊就算爲了她終身不娶，但愛的人依然不是她。秦麗懂我眼神裡的內容，她也低下了頭，咬著唇不說話，半晌，又抬頭看著我，那堅定的小眼神透露出一句話——「姐，這是我自己願意的，再來一次我還是會幫他擋，我不能看著自己愛的男人倒下。」秦家的女人眞是一個比一個傻。我賠了自己的婚姻，秦麗賠的卻是自己的命。

正歎著氣，唐宋開口了：「小綺，我們出去，讓他們休息一下吧。」聽丈夫話的女子才是好女子，我跟著唐宋出了病房，巧得很，正好跟急匆匆趕來的媽撞上。

「媽——」我只喊了半聲，但她沒應，像沒看見我似的，直接衝進病房去看秦麗。我對唐宋笑了笑，帶點自嘲的笑。

唐宋不著痕跡地岔開話題，解除了我的尷尬：「秦麗，好像滿喜歡楊楊的。」我搖搖頭：「看樣子，不只是喜歡了。」唐宋道：「楊楊爲人很不錯，秦麗也是個好女孩，如果他們有緣，那再好不過。」我說：「感情的事，最可怕的地方在於你無法掌控它的發展，但同時，這也是它最美麗的地方。這一刻，它可能盛開豔麗狂放，下一刻，它便可能枯萎如陷污泥。」

唐宋不答話，似在沉吟。我們之間出現了短暫的沉默，這好像是我們第一次談到感情這個話題。唐宋打破沉默：「我去買點飲料。」我說：「我去吧。」唐宋堅持：「你休息一下。我走幾步路，沒事的。」我目送他離開，苦笑著，這孩子買的飲料我都不愛喝，因爲，他從沒問過我喜歡哪一種口味。他也並非生性不體貼，只是……不甚在乎吧。

正遐想著，忽聽見尖銳高跟鞋走來的聲音，我終究反應太慢，「啪」的一聲，被重重扇了個耳光，右臉頰木木的，耳朵嗡嗡作響。詫異地回頭，看見了盛怒的媽，她正激動地說著什麼，但那耳光太重了，耳邊全是嗡嗡的迴音，聽不清楚。過了好一會兒，聽力才逐漸恢復，我摸摸臉頰，開始痛了。

「我就知道你居心不軌，就想著把小麗害死！她一跟你出去就有事！小時候差點把她弄丟，這次又差點讓她被人砍死！年紀輕輕的，居然這麼惡毒，我當初眞不該把你生下來！」或許是怒到極致，媽的聲音竟然低沉了許多，她看著我，眼睛像在冒火。

緊接著是秦麗的尖叫聲：「媽，你幹什麼啊！你怎麼能動手！」她衝過來擋在我倆之間，大聲道，「是我自己惹的事情，跟姐有什麼關係！」「她不是你姐，她是禍害！」這些話，像從媽的喉嚨中滾出。

忽然覺得好累，不想再跟她們繼續說下去了，我一邊轉身快步離開，一邊說：「秦麗，我先回去了，明天再來看你。」

本以爲自己至少能撐到回家，卻高估了自己，在醫院的花園裡就撐不住了，渾身的力量像被抽走，一屁股坐在木椅上，全身微微顫抖。累，史無前例的累。右臉頰火辣辣的疼，像某次吃火鍋時紅油濺入傷口般，摸一摸，感覺好像腫了起來。掏出包包裡的菸，抽出一根，點上，雙臂攤開，放在木椅背上，對著星空吐出菸圈。

我想我現在的模樣滿失敗的，因爲剛剛有個到花園裡撿石頭的小病人看見我，嚇得大喊一聲「媽媽」，隨即拔起兩條小肥腿就跑。不過有時想想，我和秦麗確實頗相剋——小時候跟我出去，她差點被人口販子拐跑，這是我剋她；回家後，我因爲這件事被媽一掌推下樓梯，這是她剋我。金剋木、木剋土、土剋水、水剋火、火剋金，這世界就是個互剋的大雜燴。

正坐著看星星看月亮思考人生哲學，有個人在我身邊坐下。是唐宋。我不動聲色地趕緊熄了菸，這個舉動讓我明白自己果然是愛他的——我怕他嫌棄我是個女流氓，然後像剛才那小病人一樣撒腿跑開。

唐宋問：「沒事吧。」我曉得他一定知道了剛才發生的家暴事件，悄悄掏出口香糖，塞進嘴裡去除菸味，這個動作讓我更加意識到自己對他的感情，或者是感覺——在這種時刻，居然還想到要注重形象！

他忽然問我：「你知道沙壇城的製作過程嗎？」還真突兀，給我的感覺活像哈利波特跳到《變形金剛》裡面去客串。我搖搖頭，唐宋開始緩緩地敘述著，「沙壇城，是一幅需要十多位訓練有素的喇嘛才能完成的宗教藝術，整個過程使用的是染成白黑藍紅黃綠六種顏色的白沙。完工後，壇城精美，但它的獨特在於最後一步——毀滅。喇嘛們將自己辛苦完成的圖一掃而空，毀滅得淋漓盡致，體現色即是空。其實，這個過程不過是人世的縮影，成、住、壞、空。」月光在他身上，鍍下一層靜密的光影。

我問：「不管我們活得淋漓暢快或隱忍溫吞，所有的愛恨情仇最後都會化成散沙，是這個意思嗎？」我想，他是在安慰我。他答：「我們沒有辦法控制別人，只能學會控制自己的心。」

我安靜地看著他的側臉。唐宋的輪廓是一種柔和的鮮明，他的性子如此淡靜，淡靜至冷漠，是因爲心死的緣故嗎？他的那座沙壇城，幾十年後，灰飛煙滅之際，當中的我可能不過是一粒紅沙。但我的那座沙壇城，幾十年後，灰飛煙滅之際，當中的他可能是全部。對著他的側影，我在心裡輕輕說道：「唐宋，你可知道，有個人在愛著你。」

在醫院待了一晚上，隔天又上了一整天的班，下班後熬不住，飯都沒吃，直接就摸上床休息了。正睡得昏天黑地日月無光南無阿彌陀佛的時候，有人打我的手機奪命連環叩。是個陌生的號碼。我接起，還沒出聲，那邊便傳來蘇家明的聲音：「秦綺，你居然敢放我鴿子。」啊，我答應要和他吃飯，是我失約。可是睡得正舒服，哪能離開被窩呢？於是便好聲好氣地跟他商量改天。但蘇家明這傢伙卻在電話中惡狠狠地威脅，說他管不住自己的嘴，哪天說不定就「不小心」洩露了某些我不想讓人知道的事情。因此，折衷的辦法就是他到我家，順便外帶一些食物過來。

掛上電話我又蒙頭回去睡，迷迷糊糊中聽見了門鈴響，睡眼惺忪地跑去開門。蘇家明一見我，就叫開了：「秦綺，你的人品眞是有嚴重的問題，我身爲一炙手可熱的大醫師，都能推掉工作赴約，豈料，你一國家米蟲居然敢放我鴿子！」我反駁：「誰說我是米蟲，國家級教育單位的重責大任都在我身上呢！」

仔細想想和蘇家明也算認識了十多年，用不著客氣。我要他在沙發上隨便坐，把他外帶買來的食物裝在盤子裡，又從冰箱掏出冰啤酒，一人一瓶，打開電視，吃將起來。蘇家明帶來的是炒米粉、煎餃、春捲、酸辣粉、烤雞翅、蛋撻，也不知他從哪裡變出了這些，但味道確實一等一。

正吃得開心，蘇家明忽然冒出一句話：「秦綺，你嫁給唐宋，是被你媽逼的？」這中國的語言還眞是博大精深，我差點聽成他在講髒話。我說：「誰被媽逼的？是我自己願意的。」這中國語言眞是太博大精深了，我差點聽成自己在講髒話。

蘇家明問：「那你怎麼會嫁給他？」我嘴裡嚼著春捲，嗯，還眞香脆，一邊反問：「他哪一點配不上我，還是我哪一點配不上他？」蘇家明咬了一口蜜香雞翅，香油吱地冒了出來，一邊指出：「不是配不配得上的問題，你們又沒有感情基礎，爲什麼要結婚？」我瞥他一眼：「你怎麼知道我們沒有感情基礎？」

蘇家明放下啃得很乾淨的雞骨頭，說：「我聽他朋友說的，而且是偷聽來的。」我呼哧呼哧地吸著炒米粉：「你們那家醫院，從醫生到護士全喜歡八卦。」蘇家明開始講起歪理：「人民熱中八卦，是國家社會進步的一個重要表現。秦綺，你可不像是那些甘願獨守空閨、等候丈夫從情人家裡回來的賢淑婦女啊。」

我好奇：「那我是什麼？」蘇家明道：「在我心中，你就是那種心狠手辣手辣心狠、敵不犯我我不犯人、敵若犯我我必誅其九族的婦人。」難不成我還成了何紅藥和李莫愁？不過仔細一想，那兩位御姐都是我喜歡的類型。

多年不見，蘇家明的賤嘴程度明顯有所增長：「聽那個叫阿芳的女孩說，這次，唐宋是在他和以前那個女朋友常約會的江邊出的車禍。感覺還眞美好，眞是情深意重啊，要是眞有個三長兩短就成殉情了。」

我教育了他一下，順便把剩下的食物吃光：「別人家的事，你管什麼管啊。」蘇家明嚴肅道：「秦綺，你的人品眞的有問題。我還以為你對誰都不理不睬、冷冷漠漠的，沒想到，你居然撿軟柿子捏啊。你丈夫這麼對你，你居然還一聲不吭，有本事，你拿出當初整我的招數整他啊！」「我怎麼整你了？」我這不是裝傻，而是事隔多年，還眞有點忘了。

提起往事，蘇家明臉上的小表情那叫一個激憤：「你拿點滴管的針頭扎我，拿書丟我，還騙我吃過期的罐頭害我拉了三天肚子，人都虛脫了！」想起來了，我確實做過這些事。但前提是，這小子當時總愛不請自來地進我病房，偷吃我的零食，拉我的辮子，還嘲笑我下不了床。如此討人厭的孩子，不整他哪裡對得起自己的良心。

敢情這蘇家明找我就是為了興師問罪，瞧瞧，這都過了十幾年了，他還沒忘，度量簡直比唯一的A罩杯胸部還小。蘇家明卻不承認這一點，硬說自己是好心。我瞅著蘇家明，印象中，這孩子比我小一歲，現在卻高了我大半個頭，濃眉大眼、英氣逼人，眼裡卻是少有的單純，沒什麼心計。

蘇家明又開始翻起舊帳：「你當年怎麼不說一聲就出院了呢？我的書還在你那兒呢。」我冷瞥他一眼：「傷好了自然要出院。再說，你那本《小王子》我就放在病床邊，又沒帶走。」蘇家明瞅我一眼，又看看電視，道：「你乾脆帶走還好一點。我去找你的時候，那本書就放在空蕩蕩的病床邊，你人就這樣不見了，感覺……哎，說不出是什麼感覺。」

我賠罪道：「說這麼多，算我小時候對你不起行了吧。今後想吃什麼美食，打電話找我，奉陪到底，可以吧。」唯一不在國內，能有個貪吃一族小弟弟陪著，至少可以慰藉一下寂寞的胃。

蘇家明似乎對這個提議頗為滿意。正當皆大歡喜、賓客盡歡的時刻，平時不怎麼忙碌的門鈴又響了。我疑惑地開門一看，我的小老天爺，和一這孩子找上門了！

當時我的第一個反應是——「我跟和一之間的情況有點小複雜，要是蘇家明那個大嘴巴明天去醫院說點什麼，我這一世不太英的名，可就毀了。」於是，我悄悄地移動腳步，攔住了和一想要進門的動作。

和一的第一個反應則是有點小疑惑，緊接著像看到遊戲難度增加似的，露出了高手玩家特有的興趣。這人就這一點討厭，放著好日子不過，總喜歡攪亂，給自己、給別人添麻煩。

而當時在場的第三者蘇家明，他的第一個反應是有點小錯愕，緊接著忽然意識到什麼，連忙轉頭，將桌上最後一顆煎餃一口吞進肚子；這護食的動作夠強悍，想必把和一當成來蹭飯的。

我問：「你怎麼來了？」和先生答：「來看看你。」看他那副氣定神閒的模樣，也知道一時半刻不會走人，我只能讓路，放他進來。反正今晚來的兩個客人都滿複雜的，不符常理，自然不能以常理相待。我乾脆也不介紹認識，只管一屁股坐下來看電視。

那兩人也乾坐了好一會兒，最後是蘇家明率先開口自我介紹：「你好，我是秦綺的朋友。」「眞巧，我也是秦綺的朋友。」和一這人，一句稀鬆平常的話從他嘴裡飄出，總能讓人察覺其他的味道。打過招呼後，二人便不再交談，三人一起看著電視，天知道他們看進去了沒有。

趁著我到廚房拿啤酒，蘇家明偷溜了進來，直接問道：「秦綺，說老實話，那個人是你的姘頭嗎？」我搖頭。我這個人不喜歡複雜，找和一當姘頭，難度太高。

蘇家明還在懷疑：「那他怎麼會來你家？」我反問：「那你怎麼也來我家？」蘇家明爲自己辯護：「我跟他的情況不同，我可是正大光明來的。」我笑：「人家也沒有偷偷摸摸爬牆進來啊。」蘇家明重重哼了一聲：「他沒爬牆進來，就怕是你想一枝紅杏出牆去。」蘇家明的模樣帶著點討人喜歡的孩子氣。總聽人家說，男人喜歡蘿莉，其實女人也抗拒不了正太。帶點孩子氣的男人，撒嬌時，是讓人歡喜的。

蘇家明建議：「時間這麼晚了，快點讓他走吧。」我說：「可以啊，這個任務交給你。」該走的是他們兩個。難怪人家說寡婦門前是非多，唐宋人都還沒怎麼樣，這兩個人晚上就跑來湊熱鬧，要是被跟我一樣愛八卦的鄰居撞見，我怎麼也說不清。

蘇家明倒也乾脆，直接跟和一說了幾句話，兩人便一起告辭。

不過，我總覺得事情還沒完，和一是誰啊，沒事做？只是過來晃一圈？

果然，十幾分鐘後，他老人家又折回來了。我問：「蘇家明呢？」和一淡笑：「我把他送回醫院了，你該不會擔心我把他分屍，丟棄荒野了吧？」「其實，我害怕的是，您老人家對他禽獸大發，然後圈圈叉叉」——但這句話我是放在心裡說的。我真正對和一說出口的是：「您老究竟有什麼貴事？」

和一瞅著我，我心裡一涼，那眼神我熟悉得很，他瞇起眼慢慢說道：「我想，看看你們的床。」一邊說，一邊將我打橫抱起，三步併兩步跨上樓梯，上床，不，上樓去了。話說，這還是我第一次被男人打橫抱起，感覺……不太好，像是隨時要摔到地上，沒安全感。我這人，果然不適合做抵抗地心引力的運動。

和一說話算話，一路護送我到臥室的床上，自己還順勢摸上了床。他用身子壓著我，單手將我的手禁錮在頭頂，這姿勢滿言情的，可是由他來做卻不顯得俗氣。他看著我，細長眼眸裡的光芒壞到了極致：「你猜我接下來要做什麼？」最近泰國片看得多，我只能想到底下三個字：「蹂躪我？」和一批評：「你眞不矜持。」我微皺眉，敢情他老人家半夜跑來抱我上床，這就叫矜持？

我身上這朵矜持的男子，忽然伸手撫弄起我胸前的柔軟，這個動作讓我猝不及防，渾身起了一陣顫慄。他將臉深埋在我的頸脖處，我耳邊慢悠悠地升騰起一句帶柔的話：「秦綺，你還是處女吧。」和一果然是個人才，隔著衣服都能看得出來。和一緩緩道出他推斷的理由：「你身上有種特殊的體香。而且，你的身體面對男人，感到的是陌生和恐懼。」那聲音像裹著一泓春水，軟綿柔幻，勾人得緊。

我提醒：「你該不會是想用強的吧？要是那樣，我反抗起來，你可要小心你的犯案工具受損。」和一笑笑：「我要是想對你用強的，你的處女生涯早八百年前就完結了。」說完，他沒再壓著我，而是翻身在我身邊躺下，又問，「秦綺，這麼久了，唐宋沒碰你？」其實得說句公道話，我覺得他這話應該這麼問——「秦綺，這麼久了，你沒碰唐宋？」

我說：「我們兩個是柏拉圖式的婚姻，追求心靈溝通，排斥肉慾。」和一忽然冒出這樣一句話：「唐宋十九歲就不是處男了，是范韻終結的。」

房間沉默了，靜得很，門前有輛車行駛而過，車頭燈光射在天花板上，夠光怪陸離的。

隔了一會兒，和一問：「傷心了？」隔了很久，我才道：「和一，你眞無聊。」

和一突然和我聊起了世界名著：「秦綺，你會不會擔心自己是《亂世佳人》裡面的郝思嘉，而唐宋則是衛希禮？追求了一小半生，到最後才發現，你並不愛他。」我笑：「那你呢，難道是白瑞德船長？」和一從來都很自信，而且是那種能讓所有的人都信服的自信：「我想，我到他的歲數時，說不定就能和他有同樣的魅力。」我說：「我沒想過這麼多。我只知道，我是唐宋的妻子，就這麼簡單。」

和一嘴角彎起，在臉上投射下陰影：「朋友妻，不可欺。你說，我是不是很混帳？」我說：「這個問題，你心中應該有答案。」和一微笑，我的答案就是：「我不混帳，我從不欺負朋友愛的女人。」聽到這句話，我終於明白他嘴角陰影的涵義了——我只是唐宋的妻子，不是他愛的人。

我想此刻我的嘴角也有一道陰影：「唐宋可能不愛我，這是我的不幸。但你愛我，卻是你的不幸。」和一側身躺著，手枕著他那顆好看的腦袋，眨巴著眼睛瞅著我：「你覺得，我愛上你了？」我頷首，還拜託他從床頭櫃取出一根菸。和一照做，並把菸點上，自己先吸了一口，再遞給我。他問：「爲什麼，你會認爲我愛上了你？」

我開始總結著自己二十多年的感情生涯：「因爲人的感情總是這麼荒謬，你愛的人往往不會愛你，而愛你的人往往不是你愛的。」和一朝我吐出一口菸，薄荷味，頗好聞：「可不可以反過來說，你之所以愛那個人，不過是因爲他不愛你；而你之所以不愛那個人，不過是因爲他愛著你。荒謬的不是感情，是人的本性。」

我總覺得，和一打從一開始就在質疑我對唐宋的感情；藏不住話，我將心中這疑問，反問了他。他答覆：「是啊，沒錯。你爲什麼愛他，是怎麼樣愛上的？明知道他身邊有其他人，還是一如既往地愛？我不能理解，所以質疑。」我吸了一口菸，緩緩吐向空中：「黑格爾叔叔不是說過嗎，凡是存在的，都是合理的。」

我問：「你什麼時候要離開？」和一這麼回答：「等想離開的時候，自然就會離開。」我說：「那好吧，我撐不住了，先睡一會兒，你自便。」我說到做到，掐滅菸，被子蓋上頭，夢周公去了。

說實話，畢竟床上有另一個男人躺著，不太習慣，睡意寥寥。失眠時，我總喜歡回憶一些往事，高中的事情就這麼漫了開來……

我是怎麼愛上唐宋的？能說得清的話，就不是愛了。最剛開始注意到他，是開學第一天報到。我笨頭笨腦地走錯了班級，慌裡慌張的，又不知該問誰，只是自言自語道：「十班到底在哪裡啊？」那時，一個男音輕輕地說：「還要再爬一層樓呢。」轉頭，發現那人穿著一件白襯衫，身姿雅俊，卻低著頭，根本沒抬起眼來看。

雖然沒再多交談，我卻暗暗記住了他的身影，再看見時，是在講臺上，他代表全體新生致詞。在那麼多人面前，形態毫不拘泥，又不見張揚的跡象，像一抹飽滿且溫潤爾雅的白。就是那一次，我聽見他說出了自己的名字——唐宋，一個與他滿相稱的名字。之後，也沒什麼其他的心思，整天就是上課、看漫畫、看電視，再不然就是跟唯一打鬧。那抹白，偶爾隱隱浮現心中。那就是愛嗎？不過是少女時期的玫瑰色遐想吧。

高一上學期末，學校說要消防演習，要求警報一拉響，所有的人必須用最快速度跑下樓。女生大多沒放在心上，全都慢悠悠地走著，可是幾個愛打鬧的男生卻在樓梯上故意追逐起來。我運氣不好，被撞上了，眼看就要跌下樓梯，卻有個人拉住我，免去我的一場禍事。那人卻像什麼事也沒發生，不等我道謝，頭也不回地繼續下樓。驚魂甫定後，細看，又是那抹白。

唯一總打趣，說我是因為唐宋英雄救美而喜歡上他的。但，被救的事件發生後，我對他的感情並沒有多濃烈，後遺症只不過是有意無意間想多看看他。那時我坐在窗邊，他們班上體育課時，我總愛把頭轉向操場，想重溫一下那抹白色。我從沒想過記憶也可以升溫，一次兩次三次，腦海中的白色逐漸清晰。但，那是多久之後的事情了，我忘記了。

高一下學期，幾個班級的男生打籃球友誼賽，唐宋是他們班的隊長，在場上叱吒風雲，打了個滿堂彩。他並沒有注意到圍觀的人群中有個我，或者說，他並未注意任何人，那時還不曾聽說他有女友。

結束後，我發現他掉了錢包，便追上去撿起來。唐宋那時距離我十公尺遠，我想開口喊他的名字，可是猶豫了，還是喊「同學」好了，畢竟和他根本不熟，喊名字太僭越。正猶豫時，有個女孩走過來，瘦白纖細，長長的馬尾，很溫柔的模樣，她指指我手中的錢包，說：「這，好像是我們班唐宋同學的。」我解釋：「嗯，是啊，我正準備還給他。」女孩笑笑：「沒問題的，我拿去還他吧。謝謝你啊，同學。」說完，她從我手中拿走了錢包，我看著她追上了唐宋，那個女生就是范韻。

再後來，便聽見他們開始交往的消息。很久之後，我聽見了一個小八卦，說他們兩人的開始始於一個遺失的錢包——她說：「唐宋，你的錢包。」他說：「謝謝。」她說：「你喊出我的名字，我就還給你。」他說：「范韻。」她說：「我看你整天都那麼沉默，還以爲你不認識我呢。」他笑，她也笑。

後來我一直在想，如果當時我沒有把那個錢包交給范韻，而是自己拿去還給唐宋，故事的發展會不會不一樣。當時，也不過是十公尺的距離。可是，夢想的美好就在於它永遠不會成眞，因此唐宋和范韻交往了，而秦綺還是秦綺。

身體意識到這個令人沮喪的事實，我的神志開始模糊，逐漸墜入夢鄉。半夢半醒之間，感覺身邊的和一似乎起身了，接著傳來悉悉窣窣翻動紙頁的細微聲音，我想開口告訴他「現金、衛生棉什麼的，全在床頭櫃抽屜裡，要拿自便」，怎奈睡意太盛，開不了口，直接進入黑甜夢鄉。

又是那個熟悉的夢境。茂密的樹林裡處處都是濃霧，陽光越盛越是迷茫。那個人就在我面前，可是他的背影卻很模糊。我叫他，他不應；我拉他，他不回頭；我累了，但還是跟著他走，因為他是僅存的希望。一步一步，我的腳與心皆疲憊。這個夢的名字叫無疾而終，每次都在疲倦的行走中醒來。

歎口氣，揉揉疼痛的腦袋，起身，發現不知何時，和一已經走了。想起睡得迷迷糊糊之際，房間裡響起的紙頁翻動聲，我忽然意識到什麼。趕緊跑到書櫃前，將那本從小開始寫的日記掏出來一瞅，心揪了一下，被翻過了！而裡面記載最多的，便是對唐宋的感情，我有點小恨地想——「和一這八卦王，這次你開心了。」

然而奇怪的是，自從那晚之後和一再也沒來找過我，甚至去醫院探望唐宋也故意趁我不在的時候。一團熱火忽然冷卻了下來，確實讓我有點不習慣，但轉念一想，這是最好的結果——在沒有任何人受傷之前一切就停止，那便是幸運。

休息了兩個月，確定沒什麼大礙，唐宋便出院了。本來，婆婆說要派個人過來照看他，但唐宋推辭了。我問原因，他說傷勢已經恢復許多，並且知道我喜歡安靜，不希望有人來打擾。他越是體貼，我越是欣喜得有點悲涼。唐宋就是這樣，他總覺得虧欠了我，想要彌補，但無法給愛，只能給予其他的關心。

唐宋住院時，我每天都會燉湯帶給他喝，倒不是爲了做樣子，只是內心想這麼做。他自己心裡很清楚，結婚後還懷念著過往，是對我不負責；而這次因懷念前女友而受傷，還害我忙碌，更是極爲不負責。

其實，唐宋是個好男人，只是……他不愛我，這不能怪他。唐宋不知道的是，我會一直等他，等到自己死心那一天。現在看來，我的心還活蹦亂跳著，壽命尙長。

出院沒幾天，唐宋帶我去看車。婚前，我倆約會的次數不太多，婚後單獨出去的機會也少得可憐，直接導致的結果就是——坐在副駕駛座上，我有點小緊張。唐宋安撫道：「別這麼緊張，上次出車禍是意外。再說，有你在，我絕對會小心的。」他誤會我之所以緊張，是因爲懷疑他的駕駛技術，以及擔心自己的生命安全。我說：「我不在，你也得小心，不爲了……總之，爲了關心你的家人朋友，也得注意自己的生命安全。」唐宋笑著向我保證：「再也不會出意外了。」

由於對車子實在興趣寥寥，到了展示中心，我便坐下開始玩手機，任唐宋由店內經理陪著看車。正玩著，忽然看見一則八卦，說是杜拜一年輕英俊的皇親戀上一名中國女子，還附上了圖片。我點開圖片，頓時十根腳趾縮緊，那女的長得也太像譚唯一了——身材、長相，還有頸脖上的項鏈，那是我送她的廿一歲生日禮物，花了我上萬塊錢的那條。

這孩子還眞是不鳴則已一鳴驚到了杜拜啊，我趕緊哆嗦著手指，撥通唯一的電話。唯一大方承認照片上的女人就是她，那杜拜王爺是她同學，兩人正在進行男女之間的正常交往。我問她，是不是打算甩了段又宏，當杜拜的小王妃。唯一在那邊惡狠狠一笑，說段又宏那傢伙能訂婚，那她也能訂。一聽這話，我的心定下來了，唯一這孩子就是死心眼，反正沒擊倒段又宏之前，就算杜拜國王來，她也不會心動。瞧瞧這女人，日子過得眞夠活色生香的。

心裡想著唯一的事，有點恍惚，沒注意到唐宋跟我說的話，他問什麼我都點頭。等回過神來時，發現他已買下一部賓士G系列的越野車，仔細一瞅，還眞霸氣。

店經理道：「唐先生好眼光，這款車外形低調，越野性能好，很適合您這種成功、而且有個性的人士開。」豈料，唐宋下面一句話將我和經理都鎮住：「這車，是給我太太開的。」人家經理果然不愧是經理，立刻收回驚訝，開始奉承我：「唐太太好眼光，這款車也有不少女性開，很有個性，現在很流行巾幗不讓鬚眉啊。」

我對唐宋攤開手：「我沒想過要開車，我連駕照都沒有。」唐宋回答得很輕巧：「學就是了，你剛才不是說喜歡這部車？」所以說，恍神是不對的，誰知道剛才他在說些什麼。我左右前後地打量這黑色越野大物，再瞅瞅唐宋，問：「你也覺得這車適合我？」唐宋點頭：「不適合你的外型，但適合你的內心。」一聽這話，我淚了，敢情我在唐宋心裡就是個純爺們！

買完車，準備回家，但唐宋卻越開離我們家越遠。我意識到有點不對勁，便問他想要做甚。唐宋的回答是：「教你開車。」我定定神告訴他，正確的作法應該是拉我去駕訓班報名，一步步來才是。他說：「先練練手感呀，當初我還沒有駕照時，就開始摸車了。」雖然心裡忐忑，但嫁給唐宋是爲了什麼？不就是爲了能被人叫做唐太太，就是爲了能名正言順和他睡一屋坐一車生一孩兒啊，所以我願意努力！

不得不說，唐宋是個好老師，輕聲細語，耐心十足。要是當初我有這樣的老師，北大、清華算什麼，美國常春藤聯盟的名校也任我挑了。他慢慢教我認識車子內部的重要構造、用途、使用方法，以及如何起步、踩離合器、換檔……聲音溫柔，我承認，大部分根本沒聽進去，注意力全放在他身上。

教導開車時避免不了身體接觸，一會兒他輕握住我的手，一會兒他的髮撫過我的臉頰，我這內心再如一越野車般的純爺也仍然是個女人，面對自己喜歡的男人，可忍不住心神蕩漾。眞想撲上去，在車裡就把唐宋給那個那個了。但理智告訴我，唐宋是一隻兔子，跳得賊快，萬一沒撲好，他就跳得不見蹤影了。反正都等了這麼多年，還有什麼等不了的，想到這兒，我淡定了，繼續心神蕩漾著。

一邊蕩漾，我一邊覺得，自從出院後，唐宋和我在一起時，有點不太對，不再像以前那樣顯得疏離，反倒多了一份親近。像有時我在書房看書，他會敲門問我要不要喝茶。以前我倆在同一屋簷下，他可是能不和我接觸就盡量不接觸。這次不知是腦袋撞出毛病，還是我那幾十碗魚湯裡下了迷魂藥？我不得而知。

但至少結果是朝著對我有好處的方向發展，既然如此，就別想太多了。想太多，是活不下去的。我決定就這麼享受著唐宋的轉變，不管是否只是曇花一現，不管原因是否出於他的愧疚，也不管其他人會怎麼看。

Chapter Four

如果還不遲，我想和你重新開始

自從決定要考駕照之後，我每天都會去駕訓班上課學開車，生活倒也過得充實。晚上回到家，看看書、打打電玩遊戲，完了，就早早上床睡覺。這天，正打著呵欠要上床，唐宋敲門，說是楊楊的生日，今晚大家要去老地方「顏色坊」玩，他要我一起去。

進到顏色坊的大包廂一看，發現該到的不該到的都來了——阿芳、楊楊、秦麗，還有幾個眼熟的小富二代和他們每月一換的嫩模女友；其實，更該一提的是，和一也到了。快兩個月不見他，我感到有點茫然，最後一次跟他見面時，我倆躺在同一張床上，現在想來，有點像夢境。

顯然，和一先前已經喝了不少酒，雖不是大醉，但也進入興奮狀態了。一見到我倆，他走過來，笑得特別眞、特別狂：「小倆口終於來了。來來來，今天是楊楊的生日，先各敬人家一杯酒吧。」一邊說，一邊把一小杯酒放在我手中，也許是動作太大，也許是我的退卻，那酒淋淋漓漓地灑在我身上。三人之間發生了一陣小騷動，但很快便在包廂暗夜流動的空氣中消弭下去。我說：「沒關係，我去洗手間洗一洗就好。」

捨包廂裡的洗手間不用，我刻意來到走廊盡頭的洗手間。剛才看見和一的模樣，心情有點受影響，心情不好，便想抽菸。菸，是好東西，能讓我鎮靜。一根燃盡之後，我冷靜了下來，弄乾衣服，開門走出去。

太快的動作會讓人昏眩，一出門我就被一股大力拉住，扯到角落中，隨後唇被另一張唇封住。接吻次數太少的人有種不幸中的萬幸，那就是——能分辨出主動給予吻的那個人是誰，而我分辨的結果，那人是和一。他的吻，就像他剛才的笑那樣，很眞，很狂。

「你的菸味很特別。」當這個吻結束後，和一這麼說，然後準備走開。我叫住他，道：「和一，別這樣。這麼做沒意思，你找別人吧。」

他是聰明人，明白我說的是什麼。這不過是個遊戲，誰都可以陪他玩，而我，並不是一個好的玩伴。說話貴在點到爲止，我抬腳想回包廂，走沒幾步，後面一陣腳步聲追了過來，和一猛地拉住我，將我推倒在牆上。隔音牆質地雖不堅硬，但突然撞上，還是有點生疼。

和一看著我，瞬間，那眼神眞狠，像一頭被戲弄的野獸，憤怒中帶著一股被人戲弄了的羞愧。如果猜得沒錯，我想此刻他的每顆牙齒都灌滿了癢意，想要啃下我的肉。但很快地，他冷靜了下來，沒有做出更激烈的行爲。他只是慢慢將唇湊近我的耳朵，輕聲說了一句：「秦綺，告訴你一個祕密——我愛上你了。」

他口中的熱氣像隻撩撥的手鑽入了我的耳中。隨後，那唇貼上我的頸脖，狠狠地吸咬起來。疼，確確實實的疼。我覺得和一今天很不對勁，平日裡雖說他總是以戲謔的態度對我，但僅止於私底下，在眾人面前他從未有半點不端，何曾像今天這樣。

他的唇並沒有逗留太久，但我感覺得到，頸脖上定然已出現了紅跡。他微微地笑：「秦綺，再告訴你一個祕密。唐宋，他，想要把你當妻子了……他告訴阿芳，要她別再爲難你，全是他欠你的，你一點錯也沒有，他要忘記范韻，準備和你開始。」

我的眼睛猛然跳動了一下，這一細微動作被和一逮住，他的氣息帶著令人微醺的酒味：「高興嗎？熬了這麼多年，終於等到今天，秦綺，我該對你說聲恭喜。是眞的，我是眞的想說聲恭喜，今天來這裡之前我本來也是想這麼做的，但現在才發覺，不行，我說不出來。」我阻止了他：「別說了，和一，你不是情聖，這是你永遠恥於擔任的角色。你覺得自己愛我，也不過是因爲，我不愛你。」

這套說辭不僅是爲了說服和一，也是爲了說服我自己，這是我寧願相信的事實。「我跟和一你只是兩個冷漠的人，一起玩一場無傷大雅的遊戲，這就夠了。認眞，對我們都不是件好事。」

——這些話，我以眼神向和一傳達，他應該懂我的意思。和一沒有讓我失望，他懂，全都懂。他安靜地看著我，那種靜從未在他身上出現過，天地皆靜。

他突然開口了：「知道嗎，秦綺，你和譚唯一喝醉酒的那晚，你一邊哭一邊說著一句話，說得很模糊，我仔細聽了半晌才明白，你說的是——唐宋，我他媽的愛死了你。從那時開始，我對你才眞正有了興趣，我不相信世界上有這麼傻的女人，明知道自己愛的人只是把你當工具，居然也要犧牲一輩子嫁給他。

「我以爲你不過是個驕奢的富家女，父母能給予你任何想要的東西，因此輕易得來的東西你不要，就和我一樣。我以爲你喜歡有難度的事情，我以爲你不過是把唐宋當成一樁高難度任務。所以我接近你，我想一點一點地揭穿你，可是越接近事情的眞相，我發現越不對勁。是的，我看了你的日記，我沒想到你會在唐宋這個泥坑裡陷得這麼深，就像——我從沒想到自己會在你這裡，陷得這麼深。」

很多謎底漸漸揭開，這便是和一看完我的日記後，躲避了我快兩個月的原因。他沒有找到自己想要的眞相，反而弄巧成拙地揭露了另一個眞相。我不清楚他到底是接受不了我對唐宋的感情，還是接受不了自己對我的感情，我只清楚地意識到一件事——從今以後，我應該躲著和一，遠遠地躲著他。

看著和一無畏的神情，我想，不會有比現在更糟的事了。然而，世事總能挑戰你的極限。

當我一轉頭，發現唐宋正在不遠處默默地看著我們，看著他名義上的妻子和他多年的好友，曖昧地倚靠在牆上。不過，屬於我的結局應該比較慘烈，唐宋想和我好好開始的願望才剛起了個嫩苗，就馬上被我跟和一的曖昧行爲淋上汽油一把燒死了。自作孽不可活，這是我的年度反省總結。

當下，和一也順著我的目光看見了唐宋，他沒什麼特別的表情，只是拉起我的手，拽著我一起向唐宋走去。我不曉得他要做什麼，此刻我所能想到的只有一件事——無論接下來將要發生什麼，我自己承受就好。

和一拽著我在唐宋面前站定，三人對峙著，彷彿站了很久，其實也不過是一句歌詞的時間。和一笑了，笑得很淡，他將我的手遞給唐宋，輕輕說了一句話：「喏，還給你。」說完後，頭也不回，直接走回包廂。

我的手在唐宋的手裡，還眞不習慣，我們很少有這樣的親密動作，更讓人不好受的是在這種情況下產生的親密。於是我抽出自己的手，捏緊，放開，吸氣，抬眼看著唐宋，問道：「你想知道什麼，我全都告訴你。」唐宋搖搖頭：「秦綺，不是你想的那樣。」一聽這話，我有點恍然——唐先生，這好像應該是我的臺詞？

唐宋問：「你喜歡和一？」我反問：「如果我說『是』，那麼你會不會成全我們？」我不曉得自己爲什麼會在此時有這種想法，我只是想問，於是便問了。今晚，所有的人都很不尋常，包括和一，包括我自己。平常，我不可能在唐宋的面前如此……直白得近乎放肆。

或許我是在賭，如果他乾脆地回答「好」，便說明他對我一點感情也沒有。如果他猶豫了，或許我還有那麼一點希望。但或許只有我自己最清楚，無論他的回答是什麼，我終究還是不會離開。此刻的心情很難形容，實在太複雜，導致我放棄以筆墨描述。

只見唐宋低頭，聲音很軟，帶著他特有的清新美國梧桐和詭祕的白麝香，說：「秦綺，在回答你的問題之前，我希望你能回答我一個問題。」我答應了他。對於唐宋，我永遠無法拒絕。他說：「如果……如果一切還不晚，我想和你開始……眞正的開始。現在，還來得及嗎？」唐宋永遠不知道，我等這句話，等了八年。我說了，對於唐宋，我永遠無法拒絕。

暗夜浮香中，我握住了他的手。

唐宋是個行動派，說開始就開始。過沒兩天，他騰出了假期，帶我去附近縣市的一處避暑勝地遊玩。一邊是有著攝氏四十度高溫的鋼筋水泥城市，一邊則是滿眼皆綠的二十度涼爽山林小鎭，我們從前者逃離到後者。

開車前往，花費了四個小時，也就是說，我和唐宋進行了一場史無前例的長時間談話。一開始，我擔心話題不夠、氣氛沉默將導致兩人的感情嫩芽枯萎，但後來發現話題並不會不夠，因爲，他對有關我的一切知之甚少——

他問：「你和我唸同一所學校？」我答：「沒印象嗎？我們還見過幾次面呢。」他問：「我當時的確滿自我的，不太注意外界。可是，我們眞的唸同一所高中三年？」我答：「我們兩個的班級在不同樓層，比較少有機會見面，可能是這個原因，所以你對我沒印象。」他問：「你的意思是，你對我……有印象？」我答：「你經常上臺致詞，相較於老校長又顯得比較年少英俊，所以大夥總是盯著你看，看著看著便認識了你這個人。」他好奇地問：「那……我們以前約會的時候，你爲什麼從沒告訴過我這些？」我總結般地回答：「因爲，過去的已經過去了。」

高中時期的事情要是再談下去，就不得不牽扯到范韻，因此我岔開了話題：「小時候，大部分的時間我都跟外公、外婆一起住，還在鄉下住過一段時間。那裡有戶人家有個雞圈，我們幾個小孩每次都搶著去摸蛋。接連好幾次我都沒摸成，很氣憤，第四次便守在那兒，等那母雞一叫就伸手去掏，結果手掌濕潤潤的，伸出來一看，居然接了一掌雞屎。」唐宋忍俊不住，笑出聲來。

四個小時的車程，就在講些小時候的趣事之中很快地過去了。

避暑地是一座位於山頂的小鎮，家家戶戶連風扇都不見，這讓每到夏季便離不開空調的我感到不可思議。但打開車窗，涼爽的風吹來，確實讓人歡喜。開車行經小鎮，熙熙攘攘的居民，熱鬧的煙火氣息，陽光看似驕豔如七月流火，但吹來的空氣卻涼爽至極。

唐宋拉著我來到小鎮邊緣的一處別墅區，此地鳥語花香，處處植著楓樹，看上去高雅幽靜，我們直接在一幢樓高三層的小別墅前停下。

我問：「這是你買的，還是向朋友借住的？」唐宋將我的行李全拎進屋裡：「是這裡的土地開發商送的。」我好奇地隨口問問，反正閒著沒事：「開發商是你的朋友？」豈料，唐宋淡淡說了一句話：「開發商就是我。」我覺得，唐大少有時真的太過淡定了。

唐宋開始侃侃而談：「真要說起來，這裡可是我的第一桶金。當時，這個地方沒開放，地皮很便宜，我便買下來，建成別墅區。一開始沒人買，但半年過去，這兒的度假名聲打了出去，來度假避暑的有錢人多了起來。沒多久，大部分的房子都銷了出去。」說完，定定地看了我好幾秒。

後來我才省悟，唐宋畢竟是個商人，是商人，就喜歡別人對自己那瞅準商機的無比眼光來點讚賞，因此當時，他應該是在等我的讚賞。只可惜，我的覺悟不夠，居然對著他暗含期望的眼神，問了一個問題：「我如果介紹朋友來買，你能給我多少折扣？」後來我想，在那一刻，唐宋肯定後悔娶了我。

稍事休整後已是中午，饑腸轆轆的兩人驅車到鎮上尋覓風味小吃，我手上拿著土家醬餅吃得不亦樂乎。整座小鎮陽光穠麗，最高的建築物只有三層樓，天空藍得純粹，街上的人們一半是居民一半是遊人，全是休閒模樣，全然不見大城市的急躁。在這樣的地方，人心才能停下匆忙腳步，暫歇片刻。

鎮上有一大片湖，輕舟泛於其上，煞是美妙。唐宋和我租了一艘，在湖上漂浮。湖面水波晃動，陽光落下，跌成絲絲碎金，奢麗過度，教人眼睛微眯。唐宋笑問：「你覺不覺得，我們的休閒方式還滿復古的？」我將手搭在額頭上，瞭望著前方，說：「時尚，是每隔幾十年便翻轉一次復古的東西。公園、遊艇之類的，不久就要成爲新潮流囉。」

「知道嗎？我腦海裡響起了〈讓我們蕩起雙槳〉這首歌。」唐宋是負責划槳的，會想起這首歌實屬正常。我回道：「其實長大後，我一直覺得這首歌的概念還眞不善良。」唐宋請我做出解釋：「噢，此話怎講？」

我呢，便興致勃勃地說明了起來：「你想啊，歌詞裡寫著什麼『讓我們蕩起雙槳，小船兒推開波浪』，什麼『小船兒輕輕飄蕩在水中』——小船兒，不就是男性的那裡；波浪和水中，不就是女性的那裡，合在一起不就是在做那個那個的。對了，還有那首〈春天在哪裡〉也不怎麼善良。」我大綺最大的毛病就是一旦開始說，便激動地停不下來，「說什麼『春天在那青翠的山林裡，這裡有紅花呀，這裡有綠草，還有那會唱歌的小黃鸝』。我說，春天不是意有所指嘛，山林不就是指女性的那裡嘛，還有紅花、綠草、唱歌的小黃鸝，甚至還說『春天在小朋友眼睛裡』，這簡直是淫穢文學嘛！」

當發表完以上的歪理後，我發覺唐宋臉上的表情有點停滯。這才反應過來我簡直就是自毀形象，於是補救道：「那個……其實剛才的話你也可以當成完全沒聽見，我們可以跳過這一段。」唐宋怔怔地看了我好幾十秒，終於開了金口：「我原本以爲你是小清新，沒想到你是女流氓！」

這話一出，我那個淚啊，大綺噢大綺，你這是一失足成千古恨。這世道，哪個男人願意喜歡女流氓啊？還是電影《讓子彈飛》裡，人家發哥說的那句話正確——「你啊，還是太年輕。」瞧瞧，我這高齡少女、低齡少婦，腦子永遠不經用。

懷著滿腔哀怨，我隨唐宋上了岸，正商量著接下來要怎麼玩，卻見有個男人向我們打招呼：「欸，唐宋！」接著，那男人就朝唐宋撲了過來，兩人又擁抱又握手的，很是兄弟情深了一場，把我晾在旁邊當了一場腐女。完了之後，唐宋替我介紹：「這是范哥，范堅強。」我一聽就樂了，這名字太絕啦，要是倒過來唸，那不就是——「強姦犯」。

但壞事做多了，眞的會有報應。我這邊還在心裡嘲笑范哥的名字，他看著我，笑嘻嘻地道：「哎呀，還介紹什麼，我們三年前見過面的啊，這不就是范韻嗎？哈哈，當時我還說，我們這范姓一家親，要認她當妹妹呢。」人世間最尷尬的事莫過於此——朋友把自己的現任女伴認成了前任女伴。范大哥，算你狠！當下，他的話造成的後果就是——唐宋的尷尬加沉默。

算了，誰教我當初已經在牧師和上帝面前宣誓，無論好壞、貧富、健康還是疾病，我都會愛並且尊重珍惜唐宋，所以這種小問題還是自己解決吧。於是，我朝范哥伸出手，微笑道：「范哥你好，我改名了，現在叫秦綺。」這下子輪到范哥傻眼，但沒一會兒，他便哈哈大笑起來，道：「這位妹妹夠爽快，我喜歡。」一場尷尬就此化解。

范哥也是經商的，爲人很爽快，這次是帶懷著六個月身孕的老婆上山避暑，一整個下午我們都和范哥夫婦在山林中走走停停，聊聊天，相處愉快。晚飯後，范哥先送范嫂回酒店，便跟我們一起出來逛小鎮。夕陽已經落幕，穿著短袖似乎有點冷。唐宋和范哥談些生意上的事情，我也有一搭沒一搭地聽著。

談著談著，范哥突然問唐宋：「你最近見過阿九嗎？」唐宋搖搖頭：「去年見過，那時候她看見我，沒打招呼就走了，我還覺得奇怪，後來才聽說你們分手了。」范哥歎了口氣：「是我對不起她。」唐宋追問：「怎麼回事？你們從大學就在一起，看起來感情也很好，你也不是那種會亂來的人，怎麼說分就分了？」

范哥苦澀地笑笑：「兄弟，我以前跟你說過，我是從農村出來的。家裡窮，上大學時，我爸總共給了一百塊，之後全靠我自己打工支付學費和生活費。還有就是認識了阿九，當時她家裡給六百塊錢生活費，她卻給了我四百塊，自己留兩百塊。唸大學期間，她沒買過一件衣服，全是穿高中時候的衣服，當時我心想，這輩子我要定她了，其他誰都不行。大學畢業後，我的經濟狀況還是不好，也是她養著我，我對她又愛又感激。可是她性子烈、脾氣直，跟我媽怎麼都合不來，兩個人甚至還動過手。

「就這樣拖了一年，我兩邊都磨盡了口水，卻沒有一點好轉。後來我的經濟情況稍好一點，想跟她結婚，可是我家老太太直接告訴我，如果我敢這麼做，她就立刻跳河。而阿九也生了氣，告訴我只能選一邊。我眞是兩面爲難。沒想到老太太居然眞跑去跳河，幸好被人救了起來。那天夜裡，我喝了一瓶白乾，第二天就跟阿九提分手，阿九哭得眼睛腫成了桃子，卻沒有絲毫挽回之意。我把那個小工廠賣了，換成幾十萬現金全都給了她，還有房子也給了她，自己身上沒留一分錢。他們都說我談戀愛談昏頭了，可是外人哪裡知道，我欠阿九的，就算把我賣了也還不了。」

一邊說著，范哥這一百八十五公分高的昂然大漢，眼裡居然有了淚光。

原來，每個人心中都有一座傷城。

唐宋問：「那，嫂子是你後來認識的？」

范哥回答：「你嫂子是我家老太太介紹的，我們認識三個月就結婚了，之後就懷了孩子，我對她沒有感情，這也是我造的孽。你嫂子沒什麼文化，也沒工作，我就讓她在家裡待著，養她。她的脾氣很好，就算懷孕再不舒服再辛苦，也沒對我大聲說過一句話。

「可是我知道，她不幸福，因爲其他女人都有丈夫愛，而她的丈夫卻不能給她足夠的愛。所以我想方設法從物質上滿足她，她想要什麼東西，只要多看一眼，我就買給她。有時候我眞的覺得自己害了兩個女人……聽說，阿九過得也不太好。唐宋，你回去幫我打聽一下，要是她有什麼困難，馬上告訴我。」唐宋答應了，這個話題暫時結束。

回別墅的路上，我有點沉默。范哥和阿九，唐宋和范韻，他們的故事大同小異，都因爲家人的阻力而分開，找了另一個根本不愛的女人結婚。我和嫂子唯一的分別就是，嫂子是沉默的、知足的，而我，則永遠不滿足。

其實阿芳說得對，她害怕我有企圖，而我確實有企圖。我的企圖就是把自己植入唐宋的心中，甚至，是將范韻拔出唐宋的心中。這就是我一直不敢向他人、甚至向自己承認的企圖。而今天范哥的故事讓我懂得了一點——阿九，會一輩子在范哥心中，就如同范韻會一輩子在唐宋心中。外人看起來，會覺得范哥對嫂子很好，路上還特地買了新鮮李子帶回酒店給她品嘗。但那是愧疚、那是責任，那唯獨不是愛。

突然之間，我感到很無力。

唐宋問：「沒事吧？怎麼看起來臉色不太好。」我搖搖頭，振作起來：「沒事啦，只是肚子餓了。」唐宋平靜地指出一個事實：「我們不過一個小時前才剛吃了飯。」我覺得自己和唐宋變得比較熟悉了，便開著玩笑，道：「我家之所以把我嫁給你，就是因爲你有錢，能養得起我這個大胃王。」「那，我很榮幸。」唐宋笑著把車停在一家超市門前，帶我進去挑了不少零食。

光是胸前捧著一大把零食，我就開心了。在這個世界上，什麼都有可能虧待你，因此你更不能虧待自己的嘴。

回到家，我窩在客廳一邊吃零食，一邊和唐宋看電影，選的還是我最愛的《刺激一九九五》。當看見男主角安迪終於從下水道成功逃獄出來，滿身的污水、通體的狼狽，但那如飛鳥般展翅的姿勢卻讓我的小心肝顫動著。很少有哪部片次次觀賞，每次都能打動我的鐵石心腸，但我最愛的還是安迪說的那句話——「記住，懷抱希望是件好事，甚至可能是人世間最美好的事，而美好的事永不消失。」懷抱希望，眞的是一件很好、很好的事情。因此，我將永遠保存著自己內心的小希望、小堅持，不到最後關頭永不放棄。

看完影片，時間已經不早，兩人也該梳洗了。雖然是度小蜜月，但跟在家裡時還是沒什麼分別——我和唐宋各回各房。

這兒真不愧是避暑勝地，城裡簡直熱得藏獒跳樓、奶牛猝死，在這種地面溫度高達攝氏五十度的時節，此地晚上睡覺居然還要蓋棉被，真不是蓋的。但，這麼涼爽的夜晚，這麼軟綿的床鋪，我卻失眠了。翻來覆去睡不著覺，只得悄悄起床來到樓下客廳；萬幸的是，客廳有個吧檯，裡面有不少酒。我拿出一瓶香檳，自斟自飲起來。菸酒茶全沾，我這女人看來是沒救了。

其實，范哥的事情，還是給了我很大的感觸——情深不壽，那麼，情薄才能長久嗎？曾經有人說，誰會那麼傻，和自己最愛的人結婚。我想，我就是那個傻子，一個大傻子。可是，任何一段感情都是不平等的，總要有人愛得深一些，世界上總需要我這樣的傻子。越想越頭痛，頭越痛便喝更多的酒，越是喝醉就越會多想，這是一個惡性循環。

半醉半醒之間，忽有雙手輕輕奪去了我的酒瓶，我已醉得睜不開眼，但仍然知道來人是誰，就算閉著眼睛也知道這個人是誰——當你愛了一個人八年之後，他的頭髮在空氣中飄動的氣流，你都能感覺得到。唐宋的聲音，在我的醉意中聽來格外朦朧：「別想太多，每個人的故事都是不一樣的。」

原來，他是知道的，他知道我所擔心的。我轉過身，第一次主動抱住了他，他站立，我坐定，所以我雙手環抱著他的腰，貪婪地呼吸著他身上特有的氣息——唐宋，我的唐宋，我愛得甚苦的唐宋。

如若我是優婆夷，那麼這個叫唐宋的男人便是我的佛。我想要的、所念的、追隨的、信奉的只有他，唯有他。漫長的時間洗刷不去我的執念，我秉持著心中的小希望堅持到現在。人家說苦海無涯，回頭是岸，我不是不回，而是苦海的彼岸有著比回頭更吸引我的那個人，即便是虛妄，即便是鏡花水月，我也心甘情願。

我感覺到自己被一雙大手抱起，像躺在一艘小舟上，在無涯的海面漂浮，微小的波浪動蕩著我的身體。我沒有睜眼，只感覺身上的束縛逐漸被解除，像是初生的嬰孩，身無一物，卻不爲俗世所束。此刻，便是圓滿。男人是一個半圓，女人是另一個半圓，兩個半圓合爲一體，即是圓滿。我與唐宋，正在進行著這種圓滿。

手是心，心是手，我滿心撲在他全身。有著十指的心，撫過他光滑的肌膚、堅實的肌肉、鮮明的五官輪廓，還有我不熟悉的男性之地。我的心內是他的灼熱，是他的膨脹，是他的堅硬。

白色柔軟的大床是無邊的苦海，我們兩人在苦海之中翻滾。先是細微的波浪使我們搖晃，手與心開始升溫，風浪開始襲來，我們翻來覆去，我們緊擁著彼此。他親吻我的手、我的眼、我的心。我是一初生的嬰兒，將所有的純潔奉獻給他。而他是聖潔的佛，汲取著我這個貢品。

我心內的空虛名叫唐宋。我聽見自己心內的吶喊與尖叫，吸引來了狂風暴雨。波浪滔天之中，我渴望著他的填補。他用自己的半圓與我重合，兩圓相合的瞬間，苦海之上浮出了一絲純潔的鮮血，那是為了渡過苦海的犧牲，那是達到圓滿的奉獻。兩個半圓的重合是艱辛的，任何的圓滿都有苦痛。海上的風浪經過最後的爆破，逐漸平息，逐漸成為微小動蕩的波浪。

我在疼痛、疲憊、醉意之中睡去。我又做了那個永遠沒有結局的夢——濃霧森林之中，我看見了那個人，我離他很近。這次他沒有走，僅僅只是背對著我。我想伸手，卻遲遲不敢，我不知道自己在害怕什麼，那種恐懼甚至壓得我從夢中醒來。

睜開眼，天剛濛濛亮，我的身邊是唐宋，我們全是裸身，昨晚我並沒有醉到不省人事，我清楚記得發生了什麼，發生的一切都是按照我的意志進行的。可是當睜開眼，看見這一切，心，像被壓上了夢中的恐懼。那個夢的情緒居然延續到現實之中，我深吸口氣，跳下床，穿好衣服，直接衝出了門。

這一刻，我真的不知道自己在做什麼，我並非對昨晚發生的事情感到後悔，只是感到一陣恐懼，而那恐懼迫使我離開唐宋。我奔跑到鎮上，好不容易叫了一部車，談好價錢，要司機送我回到熟悉的城市。

從車子的後視鏡中，我發現自己是多麼的狼狽，像隻受驚的兔子，頭髮散亂，眼神驚惶，這根本就不是大綺！我蜷縮在後座上，止住顫抖，靜靜等待司機送我回到那個熟悉的地方。車子在市中心停下時，手機已經有好幾通未接來電，全是唐宋打來的。我並非故意不接，只是不知該怎麼說明我逃離的原因；這原因，連我自己也不知道。

站在毒辣的日頭下，我額頭上浸出一層薄汗，卻不覺得熱，骨頭縫裡還是覺得很冷，這是我人生中第一次出現這種情況。小時候，頑皮地將外公珍藏的名畫撕毀了一角，也沒這麼驚惶失措。再不找個人說話，我會崩潰，閨密此時不用更待何時，拿起電話，我追到了美國。

拐彎抹角不是我的專長，待那邊一接通，我便直接說道：「我第一次破了，給唐宋了，案發時間是昨晚，不，是今早。」那邊出現了幾秒鐘的沉默，然後一個暗黑的男聲響起：「大綺姐，恭喜，今明兩天我幫你開派對慶祝！」我這才曉得，電話是段又宏那死孩子接的，這傢伙居然追到美國去了，敢跟杜拜皇親搶女人，有魄力。

唯一在那頭搶過電話，道：「大綺啊，什麼事？」我這才把不知是昨晚、還是今早發生的事情，全告訴了她。唯一沉吟片刻，道：「大綺，你非要在他身上死得屍骨無存才甘心是吧！」我沒理會唯一的詛咒，接著說：「我只是不知道自己爲什麼要跑掉！」唯一打了個呵欠，想必昨晚跟段又宏滾床單，滾得身心俱碎：「這哪有爲什麼，不就是因爲你害怕嗎！」我嘴硬：「我有什麼好怕的？」

唯一接下來的一襲話擊打得我淋淋漓漓：「你怕，你當然怕，大綺，你怎麼可能不怕，女人心裡的路可是通往陰道的。你那顆骷髏心早八百年前就在唐宋那邊躺著了，只憑著一點自制力在那邊裝淡定。這下可好，你的心全融在他的血裡、肉裡了，我看你以後還拿什麼在他面前裝不愛他。」聽完，我歎了口氣，自己上演起小劇場——

秦大綺，你再裝傻啊，原因不就是唯一說的這番話嗎！你當然怕，怕的是面上、心上那份淡定再也裝不下去了，怕的是自己的嫉妒會像夏季的蒼蠅那樣繁殖增長。人的心是滿足不了的，原本你是怎麼想的……只要遠遠看著他就好了；看慣了、看久了，又想著要嫁給他，近近地守著他；守夠了、守久了，又想著再再再近一步。

有了肌膚之親，然後呢？要了他的身體，接下來要的就是他的心，先是一絲就可以；再接下來是一小半；又接下來一小半滿足不了了，得一大半；最後，一大半在你眼中也是殘缺，你要全部。得隴望蜀，就是專爲人類發明的。可是，人家給不了你全部，因此你開始傷心難過、怨天尤人。

我告訴自己，秦大綺，你的末日到了！

可是末日到來之前，舊的人還沒死，新的生命也可能在孕育之中——忽地想起，昨晚似乎、好像並沒有使用安全措施，趕緊找家藥局買緊急避孕藥才是正經事。畢竟，高尚點說，我不能讓自己的孩子在父母沒有愛的情況下出生；自私點說，我可不想在唐宋並不愛我的情況下爲他生育後代。

但，買這種藥是需要勇氣的，因爲一說出要買啥，店家看我的眼神便閃爍起小異樣。足以證明，在中國，「性」這檔事，還是遮遮掩掩的比較符合國情。正在等待店員找藥，肩膀忽然被人拍了一下，蘇家明那有點興奮的聲音傳來：「秦綺！」我裝作沒聽見，低頭，開始看咳嗽藥。但蘇家明卻不達目的不罷休，乾脆也蹲下身子，瞅著我的臉，道：「你躲什麼啊？」

店員此刻適時出現，把藥交給我。蘇家明沒瞎，自然看見了上面的字，答案也就解釋清楚了。我付了錢，越過蘇家明，走人。可是蘇家明卻追上來，直拉著我不放。我皺眉：「你幹嘛？」他不語，在大街上左右張望一番，盯準一家咖啡館，直接把我拉進去。也好，找個地方吃藥，我先要了杯水，將藥片呑下。

蘇家明坐在對面瞅著我，那小臉色有夠陰晴不定的，良久，才問：「爲什麼要吃這個？」我反問：「爲了實施有計畫的生育。難不成是爲了治青春痘？」蘇家明顯得有點義憤塡膺：「你不是結婚了嗎？是他逼你別生孩子？」我解釋：「別把他想得這麼壞，是我自己不想要。」蘇家明喝了口冰水，看來是想降降火，但沒成功，還是忍不住說道：「秦綺，我對你眞失望。」我一陣茫然：「怎麼了？」是眞的茫然，我還眞不知道他在我身上寄託過什麼希望。

蘇家明一副豁出去的樣子：「我也不怕羞，老實跟你說吧。你小時候在我心中就是類似鹹蛋超人之類的英雄，原本以爲長大後你一定會更威，但現在卻跟那些俗氣的女人一樣，不爲愛情，就爲了門當戶對而結婚。更何況，他還對你不理不睬，你居然也忍得下去，我眞是崇拜錯了你！」我糾正：「和諧的社會，少搞個人崇拜。」

蘇家明嚴肅地道：「你少鬧。」我聽了他的話，確實沒再鬧，而是認眞地問道：「蘇家明，你覺得現在的我，苦嗎？」蘇家明皺著眉，表情像是在吃黃蓮：「苦。你的婚姻沒有愛情，而且老公心裡還有其他女人。更重要的是，你這人妻的追求者，居然是上次去你家的小眼睛那種水準不高的傢伙，你怎麼不苦？」他所說的小眼睛追求者，想必指的是和一，和一這孩子還眞倒楣，躺著都要挨刀。

我再問：「你覺得，現在的我跟小時候的我，誰比較快樂？」蘇家明答得很迅速：「這，這不能比。那個時候的你受了傷，自然不怎麼開心。」我承認了蘇家明不願承認的事實：「現在的我，是開心的，比小時候開心很多。雖然在你們眼裡我有時候好像很慘，但偶爾也有我自己才能體會的幸福。輸家，這是個人的性格，個人的命。」

不是沒有想過，如果我嫁的是另一個人瑋瑋，甚至是和一，嫁給他們，我會幸福嗎？我仔細地考慮過，倘若沒有唐宋，我會幸福；可是有了唐宋，心裡裝得滿滿的，再也盛不下其他。

從小，在物質上，外公、外婆總是盡量滿足我，但在精神上我是貧瘠的，缺少了最不可缺少的母愛，我曾經努力獲取，但失敗了。而我的愛情也前途未卜，可是不到最後，我不死心。我太固執了，吃苦受罪也是自找的。就算太害怕，但不到最後關頭，也得必須往下走。現在的我已經站在鋼絲上，下面是懸崖峭壁，回頭，我斷斷不肯，那就只能往前走，即便再害怕也得走下去。不到盡頭，我不會原諒自己。

看看手機十多通未接來電，我想，是起身的時候了。

蘇家明問：「你要去哪裡？」我回答：「繼續創造吃避孕藥的機會。」蘇家明搖搖頭，接著道：「你真不含蓄。我勸你，還是戴保險套吧。」我攤手：「這樣就比較含蓄？」不過，懶得再跟他多說。直接步出店門，叫車，回家。

打開大門，正準備躡手躡腳地走回房間裝病，以躲避一場詢問。上樓時，聽見廚房有動靜，悄聲走過去一瞧，竟看見一身白衣的唐宋正拿著勺子攪拌湯鍋，鼻子一嗅，發現是馬鈴薯牛腩煲，很合我的胃口。

「回來啦！」唐宋問候著，但並沒有回頭，而是繼續攪動著濃濃的鮮湯。他的背影挺拔雅致，仍舊是我記憶中那抹白色，出眾，卻又與世無爭。他輕聲道：「我怕你餓了，就先煮了點東西，馬上就好。」

我走上前去，拿勺子舀起一塊牛腩，鮮嫩有嚼勁且毫不油膩。嚼著嚼著，我忽然問：「你不想知道我突然離開的原因嗎？」唐宋用最眞實的口吻道：「我，有點清楚，似乎又有點迷惑。秦綺，我們試試看吧，好好地往下過。」還能說些什麼呢？我從後面環住他的腰，臉緊貼著他背脊的線條。

兩個人好好地過下去。很久很久之後，我才發覺，我和唐宋關係的眞正開始，始於此刻。

我的打算是，我們要像正常的小夫妻那樣，柴米油鹽醬醋茶，充滿人間煙火氣息地過下去。首先就是去超市買菜，我們兩人來到附近新開的大型超市閒逛。先是確定菜單，兩個人，三菜一湯，便已足夠。但，菜是什麼菜，湯要什麼湯，這可要動一番腦筋。

「麻婆豆腐、糖醋白菜、紅燒肉，還有香菇雞腿湯。」經過三秒鐘的思考，我說出了這樣的菜單。唐宋笑：「眞痛快，一點也不拖泥帶水。」「拖泥帶水的，是水泥。」我說了一個很冷的笑話。唐宋看著我，眼神裡沒什麼大動靜，看來這笑話不夠冷。我決定再接再厲，看著籃中的豆腐問道：「你知道，監獄中的女犯人最討厭什麼菜嗎？一、麻婆豆腐。二、水煮肉片。三、咖哩魚丸。四、黃瓜切片。答案是四。」唐宋看著我，眼神開始有點不淡定了。

我頗爲得意，繼續道：「公雞出差一個月，回來後，聽說鵪鶉沒事老是來找母雞玩！公雞便開始懷疑起母雞。果然，過沒兩天，母雞就生了一顆鵪鶉蛋！公雞大怒！母雞慌忙解釋：「唉，早產啦！」唐宋看著我，眼神有點撐不下去了。我還想繼續，他連忙攔阻，說：「這裡人滿多的，我們快去結帳吧。」說完，直接拉我到收銀檯，不再給我機會繼續講笑話。

我那個哀怨啊，沒有以感情爲前提而結合的婚姻果然不是好婚姻，連笑話都不耐煩聽。

由於是週日，收銀檯前果眞排起了長龍，我正準備繼續爲唐宋貢獻更多的笑話，突然一眼望見旁邊掛著一排排有利執行計畫生育的保險套——什麼品牌都有，普通型、超薄型、顆粒型、螺旋型，實乃包羅萬象。

我拿手臂捅捅唐宋：「去拿那個。」唐宋不知是故意裝傻還是眞呆：「口香糖？」我用眼神示意——「那個！」唐宋確認著：「旺旺夾心捲？」好吧，這絕對是故意的。我壓低了聲音挑明：「是套套。」唐宋好整以暇：「噢，套套啊，你去選你喜歡的吧。」

大庭廣眾之下，我大綺有點窘，說：「我一女流之輩，哪裡好意思？」唐宋嘴角微彎：「其實沒有那個，我也可以不用的。」我瞪他：「你到底是去，還是不去！」唐宋瞇起眼：「夫人你不是自詡女流氓嗎？原來也會害羞！」這才發現，原來唐宋骨子裡也是很壞的。後來，我把這件事告訴唯一時，還補充了這樣一句話——「是他先出招的，就不能怪我心狠手辣了。」

猶記當時，我清清嗓子，用方圓一公尺內都能聽見的音量，道：「杜蕾斯的最小號，你戴起來都顯得有點鬆，還是用日本牌子岡本吧，整體偏小，比較適合你。」

此話一出，前面正在付款的老太太，後面抱著孩子的新手媽媽，還有最前面勤勞工作的收銀員，無不以惋惜的目光看了看唐宋的臉，並以更惋惜的目光看了看他的褲襠處。而一旁那些半顆頭都禿了的半老大叔們，則全都用勝利的目光瞅瞅自己那處，再用君臨天下的目光瞅了瞅唐宋的那裡。

我記得，唐宋當時的臉有點慘白。我還記得，自己低聲還了他一句：「官人說對了，奴家正是女流氓也。」就因為一個小小的套套，弄得我們惡鬥一場，實在划不來。我和唐宋都是聰明人，決定暫時停止爭鬥。

不過，套套還是得買的，此乃居家、旅行、殺人越貨之良品，贈人自用兩相宜。但在超市買套套實在需要勇氣，畢竟人來人往，眼線太多，要是傳到唐宋家我婆婆那兒，我們可就犯下了謀殺她親孫的大罪。經過商量，我們決定去——藥局買。

我特地要唐宋開車到離家較遠、比較偏僻的藥局，並且重演剛才的卑鄙行徑威脅他。唐宋被迫下車，但我又有點不放心，叫住他：「知道買什麼類型的嗎?」唐宋回答：「知道，螺旋型。」他說這話時，怎麼有點咬牙切齒的味道!這傢伙不是人，這傢伙太狠了，再怎麼說我這邊仍舊傷未癒啊，居然想以酷刑對待。為了自己的身體著想，我決定戴上我的大墨鏡，跟他一起進去。

現在的藥局做生意還真競爭，店員一見顧客走進，立刻熱情地迎上前來詢問想買什麼。還是唐宋不扭捏，直接要了：「麻煩來兩盒杜蕾斯，至尊超薄。」這簡直跟他前兩天去必勝客時，開口就說「來兩個至尊海陸披薩」一樣自然。

店員用曖昧的目光看了看我們，再用曖昧的嘴角笑了笑，接著用曖昧的聲音道：「麻煩稍等。」等了曖昧的一分鐘後，她老人家拿著東西，邁著曖昧的步伐前來，交到我們手上。

付錢時，才發現唐宋和我身上的現金都用完了，而離這裡最近的銀行又遠在三公里外，只得刷卡。可是天有不測風雲，收銀員接著用整家店都能聽見的聲音，道：「我們店裡的規定是，兩盒保險套，不到一定的購買金額，沒辦法刷卡，必須使用現金。」此話一出，店裡的幾名客人全都和店員一樣，用曖昧的目光瞅著我和唐宋。

實在太不可思議了，我開始據理力爭：「憑什麼，這種爲了有效執行國家偉大計畫生育的購買行爲，不能刷卡？」收銀員用很曖昧的口吻，一邊看著躺在櫃檯上的兩盒套套，一邊說：「眞對不起，我們店裡對刷卡金額有嚴格規定。」

唐宋和我開始商量是否要到提款機領錢，再去另一家店買。但，當時已經承受了這麼多曖昧的目光，要是這樣離開，就太虧了。於是我定定神，正氣凜然地道：「我們是合法的夫妻，如今，國家的政策是徹底執行晚婚晚育、優婚優育，請用純潔健康的目光看待我們買套套的行爲。如果今天因爲你們不合理的店規，而使我們無法認眞地執行國家政策，那你們就是不道德的，那你們就是反社會的，那你們就該受到嚴厲的譴責！」

說完，我巍然不動，直到終於回過神的收銀員默默刷了唐宋的卡，把套套裝進袋裡，交給我們。步出店外，上了車，我摘下墨鏡問唐宋：「我是不是很丟你的臉？」唐宋已經能夠很平靜地面對這一切：「夫人是女流氓嘛，我懂的。」

我個人覺得，就在今天，我的女流氓本性在唐宋面前可說暴露無遺了！不過這應該是件好事，和「能夠在對方面前自如地放屁」這種感情昇華的表現，顯然是同樣的道理。驚喜的是，唐宋在我面前也開始展現出他的另一面，不再是小面癱、小白衣翩翩，而是多了些人味。

我感覺，自己這艱辛的二萬五千里愛情長征總算邁出了第一步，值得慶祝。我決定，今晚多吃一碗飯。

酒足飯飽後，我倆躺在沙發上看影集，唐宋陪著我看最愛的《慾望城市》。從上大學開始，總共看了三遍，卻百看不厭。這天，正好播到女主角和她的「大人物先生」不斷地糾纏。

唐宋問：「這劇裡面，你最喜歡誰？」我答：「除了女主角，我都愛。」唐宋笑著問：「我是說，劇裡的男人，你喜歡大人物，還是艾登？」

我開始認真地分析起來：「每個女人一生中都會遇到大人物和艾登。大人物，是她深愛而得不到的男子，給予了她痛苦、歡愉，並且幫助她成長；就像大姨媽初次降臨，血腥，卻是她成爲女人的標誌。艾登則是深愛她的那位，給予她無限的保護和關愛。一般來說，聰明的女人應該會選擇艾登，因爲她們懂得『愛自己，就是讓自己在愛之中享受著』；而執著的女人卻會選擇大人物，在她們看來，愛就是愛，一生值得一次，如果放棄，多可惜！」

唐宋又問：「那，如果是你，你會選擇大人物，還是艾登？」我沒有半點躊躇：「我會毫不猶豫地選擇大人物！」唐宋看著我，眼神有那麼一點小認眞：「這麼說，你是個執著的女人？」我繞著彎：「不是因爲我執著，而是因爲我是一介女流氓。」唐宋笑道：「求解！」

我正色道：「艾登（Eden）這名字的前兩個字母，正好是「勃起功能障礙」（Erectile Dysfunction）的縮寫。因此，在『巨大』（big）和『勃起功能障礙』（ED）之間，我自然毫不猶豫地奔向前者。」我開始覺得「女流氓」這藉口眞好用，拿來殺人放火都行。

唐宋又問：「那，我是前者還是後者？」我的眼神閃著壞笑：「等等，先讓我釐清一下。你是想問，你是我的大人物（Big）或艾登（Eden）？還是想問，你的那裡是『巨大』（big）或『勃起功能障礙』（ED）？」唐宋接納了我的壞笑：「我想問的，是前者，前面那個問題。」

這下子，輪到我好整以暇，清清嗓子說道：「關於前面那個問題，我無法告訴你。至於後面那個問題，我必須再試試才能告訴你。」我望向客廳水族箱玻璃，發現自己現在好像一隻貓，身體蜷縮，眼神慵懶且壞。

面對我的挑釁，唐宋只說了幾個字：「那，就讓事實勝於雄辯吧。」然後在沙發上，他拿我做了試驗，使用的工具是剛才刷卡買的套套。

結果證明，他是前者。無論從生理或心理層面看，他都是我的——大人物。

Chapter Five

在感情上，你追求的不是希望而是絕望

自從有了實質夫妻關係後，唐宋和我著實要好了一陣子，其實說起來他對我一直很不錯，從不跟我爭吵，從不擺臉色，在外人面前更是給足了我面子。

上回，有位太太在飯局上跟我坐在一起，想必我那假笑的親和力太強大了，她一直不斷地在我面前展示百達翡麗手錶、鉑金包，以及手指上的三克拉鑽戒，說這是她老公花了多少多少人民幣買的，那是她老公花了多少多少英鎊買的，還有那個是她老公花了多少多少歐元買的；最後，還不忘問我一句：「你老公這麼有錢，他買了什麼給你？」

我搖搖頭，一時沒想起什麼，再努力想了想：「欸，對了，前天他替我買了幾本烹飪書，川菜、甜點什麼的。」那位太太一聽，嘴巴一撇，纖手慢悠悠地剝著一隻蝦，呼哧一聲吸入嘴中，輕笑道：「哎呀，你可得小心囉。說不定啊，他是把錢給外面的小妖精了。」

一回頭，發現唐宋就站在後面，臉上沒什麼特別的表情，我也就沒把這事放在心上。結果隔沒兩天，晚上回到家，他遞給我一個首飾盒，非常輕描淡寫地道：「暫且不論內心如何，夫人的外表還是很小清新的，我看這玉頗適合你，不妨戴戴看。」首飾盒裡裝著一只玉鐲，難得的好玉，質地細潤乾淨，毫無雜質，顏色很正，那汪綠，在端莊正氣中帶著柔媚。

外婆嗜玉，一大箱子的陪嫁全是玉，而且都是上好佳品，我自小看熟了的，但竟沒有哪一件的質地比得上唐宋給我的這只玉鐲。肯定價值不菲！但唐宋什麼也沒多說，就像從地攤上買回來那般隨便。第二天，我從報紙上得知前天的玉器展覽會上，有只翡翠玉鐲被神祕買家以七位數高價買走……看來，唐宋對女人還眞捨得下重本。

此外，他也開始注意我喜歡的東西。偶爾無意間我誇了什麼好看，最多不超過三天，他便會將東西帶回來。或是突然想吃些什麼，馬上就開車帶我去吃。我覺得這樣的生活過得頗滿足，閨密譚唯一卻適時地出來打擊我。

這孩子還眞生猛，唸研究所當成是旅遊，時不時來來去去。才去了美國沒幾個月，又因爲要參加她表姐的婚禮，回國休息一週。沒事做，便來我家做客，躺在我床上吃洋芋片，還邊吃邊吐槽我：「大綺，你怎麼都不得意一下啊？」

我說：「有什麼好得意的？」唯一細數著：「怎麼不能得意啊，你看你家唐宋，又買極品翡翠給你，又帶你去吃飯，每天都回來陪你，多疼你啊，怎麼不能得意！」我聽出了她話中有話，不想順著再講下去。

唯一續道：「大綺，我眞是不懂你。費了這麼大力氣，花了這麼多時間，努力了半條命，就爲了唐宋給你這麼些東西？你要是想要翡翠，想要人帶你去吃東西，我哥肯定比唐宋伺候得好一百倍，你怎麼不嫁給他？說實話，這些表面功夫，哪個男人不會做？只要吩咐助手把東西訂好就行了，一點也不費心，你還得意什麼啊？」我再次重申：「我眞的沒有得意！」

唯一那排小白牙齒，咬起洋芋片咔嚓咔嚓的：「我看你倒是滿足得很。」我假裝正色道：「不懂得滿足，會得癌的。」唯一的面目開始有點小猙獰：「我寧願得癌症，也要段又宏給我我想要的東西。」我來了興趣，明知故問她，反正又不犯法：「什麼東西？」

唯一咧嘴笑得活像蘿莉版的武則天：「他的心啊，還有，唯我是從。大綺，你也應該像我一樣，別因爲他給了你一點感情的殘羹冷飯，就高興得跟吃了滿漢全席似的。」我趴在電腦前百無聊賴地上著網：「湊合湊合也就過了，都結婚了，還想怎樣。」唯一冷笑：「我看你啊，內心很精明，外表卻裝糊塗，可是又不能眞糊塗，這種日子過得還眞累人。」我裝糊塗：「我不懂你的意思。」

唯一解釋：「我們兩個從小一起長大，我還會不懂你嗎！你呀，其實心裡想要的很多很多，卻不敢提出來。唐宋給你這些物質上的東西，根本滿足不了你。大綺，在感情上，你比我還貪婪，你要的不只是唐宋的心、唐宋唯你是從，你還想要更多。大綺，我眞爲你擔心，我怕你以後，希望若破滅，會崩潰！」我還嘴：「你對段又宏，不也一樣？」

這一還嘴不得了，唯一立刻變成機關槍，轟得我滿身槍眼：「哪裡一樣了？就算段又宏不愛我，可是他也沒愛過誰；就算他生理上骯髒得一塌糊塗，可是在感情上依舊是一張白紙，有足夠的空間供我揮霍，不會在抱著我時想著另一個女人。唐宋呢，他能一樣嗎？說不定，他以後會把你們的女兒取名爲唐思韻，折磨你一輩子！」

這下，我不敢回話了。確實啊，這個男人有前女友，那可是死穴，魅力指數立刻下降百分之二十。更何況，唐宋有范韻這種並非感情自然破滅、而是被父母逼得分手的前女友，這個穴，可死到深處了。

唯一又道：「大綺，在感情上有所追求是好事，但也要看追求的是什麼，你追的不是希望而是絕望。問題不在於你是不是比范韻優秀，而在於他們這種分手方式所造成的結果——她，成了他心口上永遠的朱砂痣。你一脫他的衣服，那顆范朱砂就會立刻蹦出來，你跟他之間沒有隔閡才怪。現在，唐先生給你的小幸福，那是鏡花水月，那是海市蜃樓，一提到范韻，一碰就碎。」

我沒理她，眼睛死盯著我的電腦畫面。唯一也沒生氣，繼續道：「大綺，我知道你在聽。我問你，要是你和范韻同時掉進了水裡，你猜唐宋會救誰？」我反問：「我沒事跟范韻一起去河邊做啥？」唯一自問自答：「你不說，我幫你說。你要是和范韻同時掉進水裡，唐宋肯定會先救你。救上岸了，自己再跳下河，跟范韻殉情。」

我依樣畫葫蘆地反問：「那要是，你跟段又宏的未婚妻同時掉進了水裡，你猜段先生會先救誰？」唯一咬牙切齒地說道：「如果段又宏先救我，那就沒問題。要是他敢先救那小妖精，我直接放一條鱷魚，咬死他們兩個！」這孩子實在太血腥、太暴力了，放什麼鱷魚啊，不如直接放食人魚，多好。

我們兩個女人正在房間裡胡亂聊著天，唐宋回來了，見唯一在，便問她喜歡吃什麼菜，可以先訂晚上吃飯的館子。唯一有點小陰陽怪氣地說著：「姐夫，你太客氣了，隨隨便便給我一碗飯吃就可以了。」唐宋以禮相待，笑著說：「你可是我們家夫人的貴客，必定要好好招待。」

唯一樂道：「哎喲，大綺成了夫人呀！我在美國消息不暢通，都跟不上這稱號了。」她還一邊繼續咔嚓咔嚓地咀嚼著洋芋片，我都不知道她怎麼辦到的，一包洋芋片吃了一個多小時。

唯一邊吃邊建議：「這樣好了，去上次那個小帥哥家裡開的館子吃川菜吧，就是和家私房菜，大綺你有一次帶我去的，味道很不錯。」這孩子的嘴饞得很，而美國在吃的方面又虧待了她，所以一回來，餐餐不爆食不罷休。

聽她提起和一的名字，我有點發愣。和一最近的待遇也如同范韻，很少在我和唐宋的對話中出現。仔細想想，自從上次在顏色坊跟和一狀似親密的事被撞見後，唐宋就再也沒帶我去見他那幫換帖兄弟了。

唯一皺眉：「欸，你們兩個發什麼愣？」我提議：「那間也不是特別好吃，我們去別家吧。」一邊說，一邊對唯一使了個眼神，示意她別哪壺不開提哪壺。但我畢竟太善良，忘了唯一這孩子是天生的唯恐天下不亂性格，一開始她可能還弄不清我和唐宋之間氣氛的變化，可是現在她似乎有點明白發生了什麼事。

她那兩隻媚媚的大眼睛一轉，繼續道：「為什麼不去呢，上次那個小帥哥不是對我們很熱情嗎？大綺，人家對你尤其熱情耶，他不是還跟館子裡的人說，今後要是你去，一律免費嗎？」我當場很想把唯一這小妖精的脖子給啃了。她轉動著一雙壞眼睛，還想說些什麼，唐宋卻一句話制止了她：「好吧，我們就去和一那兒。」此話一出，我有點食慾盡失，而唯一想必胃口大增。

討論完之後，唐宋先出了房間，打電話訂位。

唯一一臉壞笑地問我：「大綺，和一到底怎麼蹦到你們倆中間的？」我說：「像兔子一樣，兩條後腿一跳，就蹦來囉。」唯一那顆八卦之心光亮炯炯：「到底是怎麼回事？和一勾引了你，還是勾引了唐宋啊？」我覺得有點好笑：「你覺得呢？」唯一胸有成竹地說：「看他那副小騷貨的模樣，我看你們兩個都有可能被勾引。」眞是慘烈，繼被蘇家明污衊爲小眼睛之後，和一又被唯一打擊成小騷貨。

唯一還想逼問，但唐宋進房裡來了，不好再問，只能作罷。

出發前，我已做好心理建設，畢竟城裡的和家私房菜館分店這麼多，和一不一定正好在我們要去的那家；再說，他整天遊手好閒，想必不太可能會多關心自家的生意。因此，今天只有百分之十的機率與他撞上。

但可惜的是，人倒楣起來，哪怕是水也能誤看成殺蟲劑喝下去。我的意思是，當我們一行三人來到離家最近的那間和家私房菜館，才剛坐下沒多久，就被服務生請進另一個包廂。服務生的原話是：「唐先生，我們老闆請你們過去一起用餐。」

走進包廂一看，簡直就是《還珠格格》賀歲片大團圓——和一、秦麗、楊楊、阿芳，還有雜七雜八的人全到齊了。都已經這樣了，事情不可能再更壞，我如此安慰著自己。但，還記得上一次這麼對自己喊話，是在街上被一條狗咬了，那時才剛自我安慰完畢，轉身就踩到狗拉的粑粑上。

唐宋帶著我坐下，我的另一邊是唯一，而對面則是和一，現在這兩個一合成二，二得我頭疼。和一低頭吃菜，很平靜，完全沒有上次見面時的失控，我希望那只是他感情的一場幻覺。唯一則不動聲色地左右張望，眼睛裡閃爍著興奮的八卦之光。

秦麗坐在楊楊的身邊，看見我，立刻道：「姐，你最近怎麼都沒回家啊？打電話給你也不太接。」秦麗說的確實是事實，那次血光事件後，我盡量減少與她接觸，算是讓媽放心吧；也許，我眞的會剋秦麗。

唯一閒閒沒事，幫我回答了起來：「麗麗妹，你姐最近忙著和你姐夫培養感情，兩個人恨不得天天湊在一起，哪有時間管其他的。今天要不是我厚著臉皮跑去她家，這兩個人不知還要在屋子裡膩多久。」唯一是故意的，她故意對著和一說。

此話一出，除了冷笑的阿芳，以及貌似事不關己的和一，其他人全都開始起鬨。

秦麗拍手樂道：「如果是這樣，我就原諒你，明年快點替我生個外甥出來玩吧。」她笑得好開心，眼睛彎彎的像月牙，睫毛濃密，見過我們的人都說，我們兩姐妹，其他地方不像，就這對眼睛像得要命。

其實，小時候我眞的恨過秦麗，但無論對她再怎麼凶，這孩子還是喜歡黏著我，慢慢地，我也就釋懷了——儘管缺少了很多正常人應得的感情，但至少，我還有個妹妹。多數數自己得到的東西，比整天想著自己沒得到的東西，要快樂得多。

我這邊正進行著心靈雞湯式的反思，卻有道冷硬的女聲穿過熱鬧的氣氛突兀傳來：「還是女方的父母家人幸運，生下來的孩子必定有自己一半的血緣，男方可就慘了。」我抬眼看去，觸到阿芳那冷得冰人的目光，想來，她是知道了什麼。

全場氣氛都被這話凍結下來，阿芳向來是不給人面子的，她接下來的話說得更直白：「我今天就把話說個清楚。有些人別太過分，還以爲自己是天仙呢！左手勾引一個，右手再拖著一個。沒有埃及豔后的命，就別得埃及豔后的病！」

在座的人，除了秦麗那孩子感到一頭霧水，全都聽出阿芳這話是衝著我說的。其實兩個人之間的事情，只有當事人最清楚，我也沒什麼可跟阿芳解釋的——解釋不通，也解釋不了。

阿芳見我沒啥反應，張口還要繼續，卻被唯一打斷：「今天的菜是不是放了太多鹽啊？」唯一的眼睛環視著全體。爲了確定，秦麗再嘗了嘗：「不會啊，我覺得很好吃。」

唯一鎖定阿芳，一臉惋惜地說：「一定是放太多鹽了。看看，活生生把這位小姐的嗓子醃成了鴨公破鑼嗓啊。」阿芳的聲線向來比較硬，乍聽之下確實有點像鴨公嗓。唯一此話一出，大夥全都憋著笑。

半路殺出個程咬金，阿芳很氣憤，怒怒地瞪著唯一：「你誰啊？」唯一輕聲輕氣地說：「我是大綺她妹，秦麗她姐，唐宋她小姨子，姑娘你是誰啊？」以我對她的理解，這孩子對你凶，那可當你是朋友；對你溫柔，那你必死無疑了。

阿芳乾脆放下筷子，雙手環胸，斜睨著唯一：「我是唐宋的朋友。」唯一微笑著說：「噢，原來只是朋友啊，我還以爲是誰誰誰他媽呢！以爲自己是交通警察叔叔呢，管了八線車道那麼寬。」唯一一雙眼睛黑溜溜的，乍看之下甜美得像葡萄，染著華麗毒汁的葡萄。

阿芳是唐宋他們圈子裡僅有的女孩，性子直，平日大夥都讓著她，沒跟她吵嘴，今天唯一大挫阿芳，確實是新鮮事；更何況，說的又是實話，這夥人沒一個好東西，現在可全都用力憋著笑看好戲呢。

阿芳雖然脾氣直，但口才絕對比不上唯一，一時竟想不出什麼話反駁，憋得滿臉通紅，紅了半晌，忽然站起身指著我，道：「秦綺，我警告你，你別……」

唯一的速度也快，一個凌波微步衝到阿芳身邊，一手將她按下，道：「欸欸欸，姐姐，朋友是什麼？就是不出事時同吃同樂同玩，出了事就兩肋插刀的人。朋友什麼都能管，就是人家的私生活感情你管不著。說句不好聽的，人家父母都管不了的事，你算老幾，湊什麼熱鬧！管太寬啊，要不就是時間太多太閒，要不啊……該不會是自己心裡有什麼見不得人的想法吧？姐姐，你說呢？」聽見最後一句話，阿芳臉色忽然一白，像被什麼刺了一下，再也沒了聲響。

唯一從小就是活絡氣氛的高手，見擺平了阿芳，立刻端起酒全場敬一圈，說些俏皮話，讓場面重新熱鬧起來。待坐回我身邊時，我拿起酒悄悄敬她一杯：「謝啦。」她一飲而盡，對我拋了個媚眼：「大綺，范韻有閨密，你也有，我們不能讓人白白欺負了去。」我微怔了一下，忍不住笑了。唯一這孩子，從小腦袋瓜就聰明，什麼都看懂了。

那天直到散場，阿芳再沒說上一句話，我隱隱曉得了些什麼——每個人心中都有隱藏的祕密。而直到散場，和一也沒看我一眼，沒和我對上一句話。不過，他們這群人什麼場面沒見過，今天發生的事根本就不算啥。

這一晚，大夥玩得很盡興，還約定隔天上山玩真人實戰射擊遊戲。我本來沒什麼興趣，可是唯一卻吵著要去，理由是——從沒玩過，新鮮。只有我知道這理由根本是鬼扯，唯一這孩子什麼沒玩過！她大舅是軍隊裡的長官，以前常帶我們進營裡摸槍摸大炮什麼的，一小小漆彈射擊遊戲有啥能吸引她的？

果然，她私下對我說了實話：「哎呀，大綺，你們這群人太有意思了，各有各的祕密。一句話說出來，能讓一個人臉紅，另一個人臉白，還有一個人臉青。八卦太多了，明天我繼續挖。」我嚴重懷疑，唯一這孩子，上輩子是挖地道的。

第二天一早，我們倆開車上山。半山腰有一家真人射擊俱樂部，裡面有片占地廣大的森林全用來做爲場地，布置得就像眞實的戰場。到達後，才聽說這個地方是和一開的，生意好得不得了，今天因爲我們要來玩而歇業。

休息片刻，大夥便穿上迷彩服、戴上護目鏡和口罩，準備開始遊戲。原以爲用的是漆彈，結果和一卻帶我們進到一個房間，裡面全是法令明令禁止銷售的仿眞槍，塡入BB彈，殺傷力還是非常強大的——儘管有全套保護措施，但打在身上，絕對會瘀青好幾天。看來，這夥人想玩眞的，但我也不太驚訝；說實話，他們若想要眞槍也能弄得到。

和一道：「槍跟子彈，隨便拿。」我看了看，意思意思地拿了一把手槍，卻被唯一按住，說道：「傻子，拿把大的。」我不解：「爲什麼？」唯一的頭朝三點鐘方向一偏，我順著看過去，發現阿芳手中正拿著一把巨型衝鋒槍，還作勢將槍口瞄準了我們。算了，這會兒裝淑女爲時已晚，還是保命要緊，我也趕緊拿了一把衝鋒槍自保。

裝備完畢後，大夥開始分組，分爲藍紅兩隊，和一與唐宋分別是隊長，猜拳要人。我、唐宋、唯一、楊楊、秦麗，再加上三位狐朋狗友及其嫩模女友一組。和一、阿芳，再加上另外四位狐朋狗友及其嫩模女友一組。

雙方先各自藏匿，待哨聲一起，便開始穿梭於叢林間，進行殲滅戰。我們隊上決定先派出楊楊打前鋒，由剩下的我們進行掩護。楊楊果然不負重望，一出去就先撂倒兩人，我軍情勢一片大好。唐宋繼續指揮，留下幾名嫩模美眉留守，其他人則跟著他一塊兒衝入敵方腹地。

唯一興奮死了，這孩子的槍法那叫一個準。以前孩提時代，玩彈弓都是對準麻雀打，她卻是對準麻雀的小雞雞打，練了十多年，功力簡直來到出神入化的境界。可是今天，這孩子不知哪根筋不對，總朝著敵方的嫩模打，而且打就打，還猛朝人家的胸部打。

我勸道：「別打人家的胸部。」唯一熱血道：「爲什麼不能打，你看看這些女人，來玩個射擊遊戲，全部都穿爆乳裝！D罩杯了不起啊！剛才還有個小妖精故意拿胸部碰你家唐宋的手肘，我這是在幫你報仇啊，大綺。」

我解釋：「我的意思是，本來我們這些小B罩杯的就不是她們的對手，你還朝人家胸部打，打腫了等會兒她們升級成E，你不哭死啊！」唯一想想也覺得有道理，便開始朝嫩模美眉們的小腿打。我後來才知道，曾經有小嫩模趁她不在時勾引段又宏，從此，唯一只要看見嫩模美眉就一肚子氣。

我一直跟在唐宋身邊，看著他以手勢指揮隊員。說也奇怪，這人平日看起來白衣翩翩的，沒想到，穿上迷彩服竟有股讓人血液沸騰的野性力量。正看得入神，唐宋對我做了個手勢——手指分開成碗狀，掌心朝著自己的胸部，然後又指指自己，掌心在面頰上做擦拭動作。

我思索半晌，終於弄明白了。明白後，又有點小害羞，趕緊捂臉，埋怨道：「哎呀，在這種地方脫衣服，蚊子很多的。」唐宋皺眉：「為什麼要脫衣服？」我繼續捂臉：「你不是想跟和我玩小野戰嗎？」心想，還好錢包裡帶了杜蕾斯。唐宋頓了半晌，深吸口氣，閉目休養一分鐘，才道：「夫人，你想多了，我的意思是，我對付男性，你對付女性。」事實證明，我大綺的思想真不純潔。不過，我大綺就是這點好，被打擊了，稍事休息片刻，就復原了。

做為我們隊上的前鋒，楊楊可說立下了汗馬功勞，拚了小命衝鋒，接連滅了敵方不少大將，眼瞅著勝利就在這孩子前方，忽然，一顆無情的子彈襲來，直直擊中了楊楊的大腿——楊先鋒倒地。我們正準備上前營救，唐宋卻制止了我們，原來前方林地埋伏了至少兩名狙擊手，就等著我們現身一網打盡。於是我放棄了，倚靠在沙袋後方，雙手劃十字，心裡默唸道：「楊楊，我們的好隊友，一路走好。」

和一的聲音傳來：「唐宋，你快出來吧。再不出來，你的手下可要受折磨了。」看來，剛才楊楊身中的那槍就是和一擊發的，這傢伙簡直不是人……我們這邊自然不敢輕舉妄動，只見和一忽然開槍朝楊楊的另一條大腿打去。儘管是假的子彈，但也疼得楊楊齜牙咧嘴，大叫道：「和一，你他媽的太毒了！」

和一面不改色地對楊楊說：「戰場上，即便是親兄弟也要翻臉。」說完，繼續朝唐宋喊道，「唐宋，你這是要犧牲替自己賣命的大將嗎？」唐宋用手勢示意我們噤聲——現在必須保持冷靜，否則他們那邊一旦曉得我們所在的位置，子彈絕對會如脫韁野馬般奔來，我們就全都玩完了。

就在我們沉默的當下，和一接連又朝楊楊補了好幾槍，痛得楊楊罵娘聲不斷。我們不為所動，卻忽略了旁邊一烈女——只見秦麗不知從哪邊冒出來，拿了顆小手榴彈，撒著兩腿奔上去，還一邊大喊道：「我跟你們拚啦！」

手榴彈當然也是仿眞的，一引爆就會有許多ＢＢ彈朝四面八方彈出，威力不小。秦麗原本是想對敵方構成威脅，終究閱歷不夠，太傻太天眞，和一毫不憐香惜玉，一顆子彈打在她的小腿上。秦麗倒地，和一趁機奪了手榴彈，退回安全地帶，一拉引線，投向這對苦命鴛鴦兼戰友。

一場子彈暴雨後，秦麗與楊楊兩位隊友壯烈犧牲。這和一，實在是太凶殘了。做為補給隊隊長，我決定，待會兒中午多發放一些烤香腸給這兩位烈士們，做為榮譽補償。

我隊先鋒犧牲了，唐宋命令我們剩下的人全部分散躲藏，保存戰力。我貓著身子躲在最茂密的叢林裡，正準備坐下來歇口氣，忽感到一股殺氣，直覺地翻身躲開。只聽，劈里啪啦一陣亂響，一排子彈忽然打在我身邊的樹幹上。我的老天啊，樹皮都掀翻了，要是打在我身上，肯定內傷不淺。而能跟我有如此深仇大恨的，也只有阿芳了。

女人狠毒起來，那是見神殺神，見佛滅佛，我說的正是阿芳。這女人見一擊未中，立刻扛起她那把巨型衝鋒槍瞄準我。好啊，這女人居然玩眞的，我趕緊左右逃竄，像隻過街老鼠般狼狽地逃。不怕，行嗎？絕對被削得皮都不剩啊。

就這麼連滾帶爬，她依舊緊追不捨，其中一顆子彈還眞打中了我的腳後跟，那個痛，讓我想起和唐宋的第一次，簡直有得拚。可是，我那第一次再痛也還有個帥哥可依偎，這回卻被女人打，算啥？眼看阿芳還來，我也發怒了，什麼事情做多了都嫌過分，我對她，也算仁至義盡了。當下，我匍匐在地，瞄準，扣動扳機，死命地朝阿芳膝蓋打去。我說過，小時候經常跟唯一去她舅舅的軍營摸槍，因此鍛鍊出很不錯的槍法；我還說過，女人一旦狠毒起來，是佛神皆滅的。於是，當阿芳因膝蓋中彈跪倒在地時，我沒有饒過她，反倒繼續舉槍對準她的背打去——而且堅決不打胸部，可不能讓她因禍得福！

阿芳被打倒在地，這麼多子彈痛得她夠嗆，我還順勢拿走了她的衝鋒槍。直打到子彈用罄，阿芳也沒求過一聲饒，不過按照遊戲規則，這孩子已經死了不下十次，絕對不可能反擊。

我收手準備離開，尋機繼續消滅其他敵人，可是阿芳卻叫住我：「你給我等等。」我覺得今天確實是個好機會，道：「如果有事，就一次說個清楚吧。」阿芳問得直接：「你爲什麼要勾引和一？」我實話實說：「你認識的和一是什麼樣的人，你比我更清楚用『勾引』這個字眼簡直降低了他的水準。」阿芳火大了：「要鬧，你出去鬧，不要攪亂我們的圈子。」看樣子，阿芳很想站起來，但努力半晌，身子太疼，乾脆放棄，躺在地上直喘氣。

我只能這麼告訴她：「我不知道你聽說了什麼，但很多事情，只有當事人才清楚。」阿芳冷冷地道：「你和唐宋根本不配，只有范韻才配得上他。」我反擊：「你根本就不配評論這個問題。配不配，不是由外人來說的。」

阿芳輕輕地、冷冷地吐出底下這些話：「你以爲唐宋會眞的愛你？他說想和你開始，意思是想和你做一對看上去正常的夫妻。他當然會對你好，會跟你生孩子，會讓你成爲人們羨慕的唐太太，但那是因爲他可憐你，他感激你；原因很多，但絕對不是愛，他的心裡永遠都只有一個范韻。這些年來，他和范韻所經歷的一切，是你永遠也給不了的。你不是唐宋的妻子，你只是唐家的兒媳。」

阿芳以爲我會被這些話擊倒，但是我沒有。我說：「任何一個女人，都達不到范韻在他心中的地位。」阿芳繼續冷道：「你明白就好，別再徒勞。」她站起身，腳還在疼，雙腿微微蜷縮著，但死硬地不在我面前顯出一點狼狽。我問：「你就是因爲明白，自己怎麼也比不上范韻在唐宋心中的地位，所以才放棄了唐宋，是嗎？」和昨晚在餐桌上的表情一樣，阿芳像被一根細針刺破了心中隱藏得最深的祕密，臉上血色盡褪。

以前我只是隱隱覺得，阿芳對我的厭惡、對范韻的維護有點異樣，但昨天經過唯一的提醒，終於明白是怎麼回事——阿芳也是愛著唐宋的，可能是在范韻之前，可能是在范韻之後；總之，她愛上了唐宋。

但她是清醒的，明白唐宋心裡已經滿是范韻，因此即便再愛，也不介入。這樣的決定必定經過無數個夜晚理智與情感的交戰，最終理智獲勝，她選擇做唐宋永遠的朋友，做一個旁觀者。但不久後，我卻像是她情感的化身，如飛蛾撲火般奔向唐宋。她痛恨我，就像痛恨自己無法控制的情感。她對我說的每一句話，那些惡意並非針對我，而是針對她自己。

阿芳覷我一眼：「你的想像力，眞的很豐富。」即便臉色再慘白，她也不會對我承認，因爲那是她保護自己的最後防線，我不想揭穿她。

我看著阿芳，我想我的眼神很安靜，一如我的聲音：「阿芳，范韻之於唐宋是怎樣的存在，我在答應跟他結婚，不，是答應跟他交往時就明白，甚至比你還明白。那時，我便告訴自己，不管他怎麼對我，都是我自己種的因，果是苦是甜，我都願意吞下。

「沒有任何一場獲得不需要經過努力，你因爲害怕受傷，所以放棄了他，注定無法有任何獲得；而我卻因爲這些傷害，獲得了能夠贏得他的機會。渺茫嗎？沒關係，我有大把大把的時間去賭、去拚。我有這樣的膽量，而你呢，你有什麼？所以我說，你根本沒有任何資格評判我跟唐宋之間的感情，我請你以後都不要再做這件事。因爲你的膽怯，使你失去了評論的資格。」

阿芳怔怔地看著我，眼神像在看一個陌生人，沉默了許久，最終無話可說。她邁動雙腿，一瘸一拐地走開——她，必須離場。

待阿芳走遠，我朝自己的背後說道：「出來吧，和一。」

我的第六感向來很準，我知道，打從我開始痛擊阿芳時，和一便站在一旁悠閒地觀看。果然，和一現身——長皮靴、迷彩服，環著手、倚著樹，頗爲誘人。今天是個黃道吉日，適合開告解大會，已經解決了阿芳那樁公案，我打算順便一併解決和一。

「想不到你口才還滿好的。」和一微笑，右邊嘴角翹起，那種邪氣又再次出現，現在的他活脫脫一叛軍首領。我打算開門見山：「和一，我們之間現在到底是什麼情況？」和一把槍瞄準了我，手搭在扳機上：「什麼情況？現在的情況，不就是你和唐宋鶼鰈情深嗎？」

我問：「那，我們倆還好嗎？」可憐我左右手各一把衝鋒槍，竟毫無用武之地，仍舊被人用槍威脅著。和一的槍慢慢朝我靠近：「我很好，你很好，但我們在一起，就很不好。」我答：「如果是這樣，那我們可以盡量減少在一起的機會。」

我想後退，但和一卻威懾地朝我腳邊開了一槍。面上波瀾不驚的我，走不了，乾脆也不走了：「你現在是什麼意思？和一，我們兩個打從一開始就知道對方要的是什麼。」沒錯，我要的是一點慰藉，而他要的是新奇與刺激，這些東西都與感情無關。和一帶著冷笑，說道：「我喜歡違背遊戲規則，這樣更好玩，不是嗎？」他忽然朝我雙手各開了一槍，結果就是——兩把衝鋒槍全掉在地上，痛得我兩隻手臂發顫。

有時我覺得，自己上輩子一定挖了絕子絕孫之人的墳，或是半夜敲了人家寡婦的門，否則怎麼會認識和一！而今眼下，我身上毫無武器，就這麼暴露在和一黑洞洞的槍口之下。

我秦綺最怕的就是折磨，豪氣地說：「你給我個痛快算了。」他問：「為什麼一定是唐宋？」我答：「因為一開始就是他，沒有別人。」和一逐漸靠近，我只能後退。他冷道：「沒想到你居然投入了這麼多，就為了他。」我嘴上不求饒：「知道了又怎麼樣？你覺得難度變高，更興奮了？」

我發覺此刻自己有點無路可退，後背正抵著樹幹，上面還有被子彈打過的痕跡，隔著迷彩服，刮著我的背脊。

和一用他手中的槍抵住了我的脖子：「秦綺，你要聽實話嗎？」我反問：「我以為，我們一直都在說實話。」雖然他手上的槍不是真的，但製造出來的壓抑氣氛絕不亞於一把真槍。

「那好，我告訴你。」和一忽然湊近我，看著我，眼睛離我很近，睫毛一閉一闔，掃在我的眼睛上，癢而痛，刺得我流出了眼淚。不適感讓我偏過頭去，但他卻不允，一雙大手扳住我的臉，迫使我面對著他，「我告訴你，大綺，我要改變遊戲規則，我認真了。」

我閉著眼睛，眼淚因睫毛剛才受到的刺激而不斷流下：「我跟唐宋已經結婚了。」和一笑得很冷：「那又如何！我們認識的時候，你已經跟他結婚了。」我冷道：「這個遊戲，我不想跟你玩下去。」隨後我一邊用手抹去毫無感情的眼淚，一邊想要推開他，可是和一紋絲不動。

他摸著我的臉頰，緩緩地說：「大綺，遊戲已經開始，你來不及退出了。咱們就來看看，這群人，最後誰與誰能成對，誰與誰又會分飛。」和一的臉上又出現那日在顏色坊的笑，很眞，眞得讓人骨頭縫發冷。

我現在才知道，人做的每件事情都會有後果；也是現在才知道，我結下的這個果子並不太容易消化。我冷然地說：「就算退不出，我也不會按照你的要求走下去。我停止，我止步，遊戲又能如何進行！」我已用手擦乾眼淚，睜著澄澈的眼睛看著他。

「大綺，你不明白，遊戲是由不得你的。就像你不可自拔地愛上唐宋，就像我不可自拔地愛上你，你也不可自拔地陷入這場遊戲。」和一的聲音輕而緩，磁性十足，像吟唱著異國的曲調，神祕，又帶點預言的宗教性。

我問：「說完了嗎？」他答：「完了。」我冷冷地請求：「完了就請放開我。」他的唇一直湊在我的耳廓上，熱氣像是蠱蟲，一條條扭動著詭魅的身軀，進入我的體內。他開口說道：「我只是『說完了』，但『想做的』還沒開始。」下一秒，我感覺自己的腳被重重一勾，重心不穩，天旋地轉，摔倒在地；緊接著，和一壓在了我身上。

我威脅道：「你再這樣，我就喊人了。」說完，自己也覺得這樣的威脅實在威力甚微，畢竟，我面對的是和一。和一一派淡定：「我們兩個的緋聞都已經傳出去了，他們就算看見，也不會認爲你完全無辜。更重要的是，你不敢冒險讓唐宋看見這一幕，是吧！」草叢中的和一現在看來就像一條蛇，顏色越豔的蛇毒性越強。

我問：「我們的事情是你傳出去的？」和一輕笑：「大綺，伊甸園、顏色坊到處都是人，這個圈子可藏不住祕密。」和一這句話讓我的思緒停頓了一下，這麼說來，除了顏色坊那次，唐宋對其他事情應該也有所耳聞，可是，他從來沒問過我。

和一不放過我：「你在想，唐宋爲什麼不問你和我的事情，對嗎？」我說過，和一是條蛇，一條鑽進我思想裡的毒蛇。和一用輕緩的聲調蠱惑著我的思想：「大綺，如果他眞有那麼一丁點喜歡你，他必定會嫉妒，但他沒有。」不過，我的意志並沒有那麼脆弱：「我從來沒有認爲他愛我。至於喜歡，也分很多種，至少他跟我在一起時會笑，那不就很好了？」

和一用他那細長的桃花眸子凌遲著我的臉頰，輕輕道：「大綺，我從沒見過比你更傻的女人。」我正想要回嘴，但已經沒這個機會——和一俯下身子，用唇堵住了我的嘴。

這次並不是之前品嘗式的那種親吻，而是爲了掠奪。他的姿勢是粗暴的，我的嘴唇被重力壓得緊緊的，甚至要因此爆裂開來。手和腳全被他的身體壓住，動彈不得，這種感覺讓人喘不過氣來。

他的手滑過我的胸前，長驅直入，直接來到我身體最敏感之處。迷彩服腰間的皮帶也被解開——和一的姿勢是純熟的，沒有阻滯，沒有停頓，那手直接進入了我的腹地。異物的入侵讓我驚叫出聲，和一的舌得到了與他的手同樣的待遇——進入，進入一個嶄新的世界。

和一是老手，能讓女人愉悅，可惜此刻我並不感到愉悅。視線內，是蔚藍得驚人的天空，是橫斜的枝椏，是明麗得刺眼的陽光。他並非想藉著我宣洩自己的慾望，他只是想在我身上留下一點痕跡，用手與舌留下屬於他的痕跡。從和一黑得深邃的眼眸中，我看見自己掙扎得有點累了，額上布滿細密汗珠，幾縷黑髮蜿蜒地貼在臉頰邊，腮上暗透著紅色。

「現在的你，還滿美的。」和一說出了不合時宜的讚美，此刻他用來讚美的那張嘴正吮吸著我的頸脖。我努力扭動，不想讓他得逞，上次在顏色坊那晚，他弄在我頸脖上的吻痕過了好幾天才消，害我每次都得塗大半瓶遮瑕膏才敢面對唐宋。但我反抗的扭動被和一的一句話殲滅了：

「噓，聽，有人來了。」原以爲他在嚇我，但仔細豎起耳朵，發現確實有腳步聲朝我們這邊走來。

睹此情狀，我的腦子迅速運轉了起來——要是求救，現在是個機會，只要發出聲音，吸引他們過來，逼得和一先跑，我自然可以用被蛇嚇著之類的藉口解釋，也就不會再傳出緋聞。正當我準備這麼做時，胸前忽覺一陣清涼——和一居然在如此短暫的時間內，解開了我迷彩服上衣的全部鈕扣，這傢伙的速度絕對可以申請金氏世界紀錄。

和一的計謀很簡單，他要讓本來沒什麼大事的我們，變得看起來已經發生了大事。他低下身子，雙唇對我進行逗弄。我不敢反抗，因爲害怕反抗的聲音會把人引來，於是咬住唇，忍耐著。如果進入是和一的第一個動作，那麼舌的舔舐便是第二個動作——舔舐，肌膚，潮濕，冰涼，陽光，青草。心臟因緊張而跳動，發出了巨大悶響，大得令我昏眩。

不幸中的萬幸，我跟和一正躲在足足有半個人高的草堆中，前面還有一障礙物，只要來人不靠得太近，依舊是很安全的。我從茂密的草叢縫隙望去，來人是狐朋狗友A及其嫩模女友，他們正在上演調情戲碼——戰爭進行中，居然還有心情兒女情長，難怪我們這一隊凶多吉少。

現在形勢發生了轉變。

和一正努力挑逗著我，每個女人身上都有情慾的控制按鈕，和一則致力於撥動那些按鈕——他，想欣賞我無法自制的模樣。我知道現在的自己已經淪落到只剩下女人的柔弱，只能咬住唇，動用全身的力氣進行自制。我的身體是座城堡，如今，城堡面臨著外來的刺激和內在情慾的衝擊，內憂外患之下，搖搖欲墜。

語言和聲音是人類情緒的洩洪口，旁邊的情侶正在使用前者，我卻因害怕暴露行蹤而無法使用後者，只能咬緊牙關，忍耐得滿頭大汗；這是一場比步入地獄更痛苦的煎熬。當結束時，我已有點意識迷離。待那對情侶走遠，和一才從我身上起來，整理好自己的衣物。我則躺在地上休息，大口大口地喘著氣，終於明白死去活來是什麼樣的滋味。

和一蹲下身子，幫我撫順被汗液黏在臉頰邊的黑髮，微笑道：「大綺，你是個很棒的士兵，也是個很棒的女人。」之後他起身，逆著光，忽然間像個天神，一個生出魔鬼意志的天神。

「大綺，」他一邊說，一邊用槍指著我，聲音中帶著久違的笑意，「我們之間完不了，怎樣都完不了。」我力氣透支得說不出話來。今天進行的這場遊戲，是他勝利了。和一說得對，遊戲的開始與否已經不由得我的意志，我和他之間還會發生很多事情。

說完，他忽然扣動扳機，對準我發出一槍，準得很，就打在心臟上，那子彈如果是真的，我今天可就是紅顏薄命了。痛，這是真正的心疼——心臟疼，疼得我在心裡問候了和一，一、萬、遍。疼完之後，又想到一件事——這子彈打在左胸上，等會兒左胸腫了，右胸還是平的，多畸形啊；於是，我又在心裡追加問候了和一，一、萬、遍——可惡，兩邊都打該有多好，居然只打一邊！但和一肯定不會知道我對他的問候，這小邪氣直接走人，揮揮手，不帶走一片雲彩，徒留我躺在草叢餵蚊子玩。

這場遊戲結束時，和一這方獲勝，在最後關頭，是他一槍擊中了唐宋，也是瞄準心臟部位。很久之後，和一才告訴我，那天滅了我們兩個人，他內心浮現的小劇場是——「終於手刃了你們這對姦夫淫婦。」那時我才知道，這孩子的人生觀、世界觀，眞的有很大的問題。

遊戲結束後，本來大夥還想聚一聚，阿芳卻推辭說自己身體不大舒服，非要回去，還有兩個被唯一追著打的小嫩模也哭喪著臉說要回去看醫生。這麼一來，剩下的人也沒了興致，大夥各回各家，各找各媽。

雖說這遊戲沒啥殺傷力，但因爲有了與和一的那一段，我累得發慌，一上車就躺進副駕駛座，瞇睡了起來。下山的路況不大好，顚簸得很。路過一個大坑洞時，我的頭忽然撞上了車玻璃，發出「咚」的幾乎可以稱得上是巨響的一聲。唐宋連忙靠邊停車，伸過手來撫摸我的傷處。

「小心點，要睡的話，靠在我肩膀上吧。」唐宋的聲音很柔，柔得半夢半醒的我幾乎就要落淚，幾乎就要不顧一切將「我愛你」三個字說出口。然而就在那一瞬間，我看見了唐宋手腕上那條紅線手環——紅褪了色，卻紅得更深刻。是的，他還戴著那條紅線手環，從來沒有取下的念頭。剎那間，我冷靜了下來。想要說什麼，已經不太記得。

車繼續行駛，繼續顛簸，我則繼續閉目，不開心的時候就睡睡覺，醒來就算沒啥好轉，至少也度過了幾個小時的無傷期。

這一覺睡得很不踏實，明明感覺得到周圍的動靜，偏偏就是醒不過來。車似乎已經停下，唐宋低低地喚了我一聲，我想張口，可是太累了。他沒再繼續叫我，而是抱起了我。他的手臂很有力，我感覺到安全。一步一步地，我被抱入屋，抱上樓，抱到床上。

床很軟，我像進入雲端，還有太陽的氣息，我想自己的嘴角咧出了微笑的痕跡。有雙唇湊近我的耳畔，他說：「我幫你洗澡，洗完了再好好睡覺，可好？」我點頭，泡泡熱水，也很好。

那雙有力的大手又抱起我，進了浴室，水龍頭的放水聲響起。我的衣裳被一件件脫下，像蟲的蛻皮；想到這個比喻，我忽然笑了。在笑的瞬間，我被放入盛滿熱水的浴缸，舒服得我長長吐出一口氣，不容易啊，不枉姐姐我今天在草叢裡被那樣凌辱。

唐宋幫我塗抹沐浴露，他的手撫過我全身，卻沒有一絲情慾的味道——他只是爲了幫我清洗身子。忽然間，我睜開了眼睛——我不喜歡他的清醒。我褪光了衣服，可是他卻沒有一點反應，這對任何女人來說都是侮辱，更何況，是對我。

我們兩個對視著，赤裸的我，著白襯衫的他，熱氣縈繞中，香氣四溢。

沉默持續了很久他才開口：「大綺，你究竟想要什麼？」我問：「我要什麼，你都會給我？」浴室裡霧氣濛濛，但我想，此刻我的眼睛比任何時候都要看得清晰。唐宋道：「只要我能給，我都會給你。」

我在心裡這麼訕笑著——「我要的東西你有，只是已經給了別人。」唐宋擔憂地看著我：「不要不開心，好嗎？我想要你開心。」我明白唐宋想要讓我開心，就像阿芳所說的，他會讓我成爲一個令人豔羨的唐太太。我愛唐宋，因爲愛他，我不願他因我而不快樂。

我的手逐漸環上唐宋的頸脖，水染濕了他的衣衫，一種濕身的誘惑。我一步步將他拉近自己，眼裡的笑意逐漸擴大，對他說：「現在，我只要你。」撲通一聲，他被我拉進了浴缸，超大豪華雙人衝浪按摩浴缸足以容納我倆。此刻，他的衣衫盡濕，如同滑潤光澤的皮貼在身上。我將他推到浴缸邊緣，雙手捧著他的臉頰，再次重複道：「我、只、要、你。」

在水中翻身是很容易的，用不著費太大力氣，我便壓在他身上。一頭長髮盡散開來，漂在水面上，活像女鬼。若我眞是女鬼，那麼唐宋便是我要抓的書生。女鬼採取主動，親吻了他。我親他的額頭，他那光潔飽滿的額頭；我親他的鼻梁，他那高挺柔和的鼻梁；我親他的臉頰，他那略帶點點鬍碴的清瘦臉頰；我親他的唇，他那冰冷的唇。

我將他拖入水中，沒有氧氣的世界更安靜，靜得能聽見彼此的心跳，讓我們更加接近。我們互相伸手環繞著彼此，此刻，整個世界彷彿只有我們。即便清楚這種純粹只有一瞬，可是我仍然開心，此處，就是我的烏托邦。

水再熱，也抵不過我們的體溫，燃燒的兩人在水中翻滾，糾纏著。我用力地索要，像一隻需索無度的獵豹，餓極了，喪失了理智。繼續缺氧，即便嗆水，我還是牢牢地將唐宋囚禁在水中，他是我烏托邦的神聖所在，他不能走。我抓著他的手臂、他的背脊，抓著任何能夠抓住的地方。太用力了，我傷了他——水中出現血絲。

狂亂之中，他進入了我。我安靜了一瞬，緊接著，以更瘋狂的姿態進行索求。這是我僅有的膽量，我只能用身體語言對他吶喊出那三個字——「我、愛、你」。「唐宋，我愛你。」——我的身體用力地叫喊著，直到這場糾纏結束。

這場歡愛造成的結果就是，第二天我一覺睡到傍晚，而且是唯一來找我，才叫醒了我。一掀開被子，唯一「喲」了一聲：「大綺，看不出你們家唐宋文文弱弱的樣子，在床上居然是隻大豹子。看看你身上，簡直體無完膚。」我伸個懶腰，開始穿褲子：「你應該去看看唐宋的身上，比我還慘。」唯一咂咂嘴：「你們兩個在拚命啊？」我鄙視地說：「如果連做愛都不努力，還談如何振興中華？」唯一詛咒：「小心太過激烈，他犯案工具會折斷。」我一邊穿衣服一邊默唸：「這女人一定是嫉妒，一定是嫉妒。」

唯一好整以暇地問：「欸，對了，你跟那個和一到底是什麼關係啊？情人？」我說：「不太純潔的朋友關係。」唯一哼道：「你不說算了，反正我慢慢觀察，自己發現才更好玩。欸，對了，以後你們的聚會都要帶我去。」我開始扣內衣：「姑奶奶，你別再搗亂了，好嗎？」唯一坐在我床上，笑得賊賊的：「這就叫亂啊？更亂的你還不知道呢。」我問：「發生什麼事？」

唯一笑道：「譚瑋瑋，就我哥，追你多年而不得的那個男人，明天要回來了。」聞言，啪嗒一聲，我的內衣彈在肉上，痛死了。唯一補充道：「還有，人家為了你，拒絕了北京那邊研究所的高薪邀請，打算在這兒長住下來。」又啪嗒一聲，這一聲是從我心裡發出的——又一個麻煩人物要來了！

我轉移話題：「你們家段又宏呢？最近怎麼都沒見到他？」唯一冷哼一聲：「不知道又在哪個小妖精那邊快活呢。」我沒有評判唯一的感情，無論在外人眼中段又宏是多麼不值得她愛，可是，她愛他。對她來說，與他鬥智鬥勇一切都是值得的，誰又能說這是錯的。

我沒事也喜歡八卦：「聽說他爸又收購了一家公司？再這麼下去，你們家段又宏可稱得上是富可敵國了。」唯一小得意，道：「我看上的男人，必定差不到哪裡去。」得意完了，還不忘繼續關心我，「大綺，你就不去翻翻唐宋的手機什麼的，看看他跟范韻到底還有沒有聯繫？」我答：「有這等閒工夫，還不如去兼做私家偵探了。」

但，知我者唯一也：「我看你不是不想，而是害怕，根本就是害怕搜出什麼讓你情何以堪的東西吧！」到了這種時候，我也就大大方方承認了：「沒錯。所以啊，乾脆我就裝糊塗，沒看見就當它們不存在。」唯一大師如此預言道：「女人，是經不起好奇心作祟的！」

這句話像道魔咒，直到隔天上班仍環繞在我耳邊，連頂頭上司胡主任開會時說了什麼都沒聽清楚，直到他老人家笑咪咪地重複道：「小秦啊，你都聽清楚了吧！」事實上，我一個字也沒聽進去，可是在江湖上混飯吃，哪裡能這麼老實，忙點頭：「嗯，聽清楚了，十分清楚。」

胡主任的臉上綻開了一朵小雛菊，我一看，安下心來，嗯，還好，任務不難。

任務的確不難，就是我們這個單位最近要弄一個科技展。弄科技展也不難，不過就是跟著去布置安排一下現場。布置安排現場也不難，就是需要一些研究所方面的人力支持；但不知是天意還是人爲，譚瑋瑋便是其中的人力。準備這個展覽需時一個月，也就是說，這一個月之內我和瑋瑋會有大量的交集。

這個上午，小李子和我一塊兒到展覽現場幫忙，看見譚瑋瑋，他立刻道：「秦姐，原來你老公身兼數職啊，又經商，又是科學家。」上次沒來得及說，這次我趕緊向小李子解釋，免得他又說出什麼話教大夥難堪：「你老公才科學家哩！這位是我從小一起長大的朋友。」小李子的想像力那叫一個豐富：「青梅竹馬？男顏知己？」我沒時間回答他，因爲說話之間，瑋瑋已經走了過來。

「回來啦！」我忙擠出笑容，不可否認，在瑋瑋面前我總有一種緊張的壓迫感。他冷淡地點點頭：「嗯。」瑋瑋不喜歡別人盯著他那雙藍如碧海的眼眸看，因此經常戴墨鏡出門，乍看之下不像研究員，而像演員，拉風時髦的演員。此刻，他正用那雙被墨鏡遮擋住的眼睛盯著小李子。小李子心理素質弱，有點承受不住，連忙找藉口開溜。

就剩下我們兩個了，可是瑋瑋不滿意，道：「樓上還有一些設備，跟我一起去查看吧。」在瑋瑋面前，很少有人能說個「不」字。

我跟著他上樓去，畢竟光天化日之下，瑋瑋也不可能做出什麼。樓上的展覽廳還沒整理好，偌大的空間裡就我們兩個。瑋瑋逕直走到窗前，窗外有棵緊挨著屋子的樹，枝椏上的花險險地逼進屋子，一樹帶著古意的白花，映著瑋瑋的藍眸，竟絲毫沒有違和感。

我開口打破沉默：「我是昨天才聽唯一說，你回來了。」瑋瑋回答：「回來兩天了。本來想通知你，但你知道後想必又會慌亂地躲我，所以乾脆不說了。」他的聲音和臉部輪廓線條一樣，流暢泛冷。

我沒否認，因爲瑋瑋說的是事實，我確實會躲著他。

瑋瑋問：「你最近過得還好嗎？」我說：「滿不錯的。」

瑋瑋看著我：「別逞強。」我答：「我沒有。」
瑋瑋又問：「他對你好嗎？」我說：「滿不錯的。」
瑋瑋繼續問：「有像你希望的那樣對你好？」我笑了：「我真的沒啥大的希望，他現在對我滿好的，這是真的。」
瑋瑋冷冷地說：「我真希望，他快點讓你傷透心。這樣，你就能早點清醒。」我輕笑道：「聽你這語氣，好像料定他總有一天會讓我傷透心。」
瑋瑋淡定地說：「大綺，除了你，誰都知道這一天終究會來臨。」我笑，可是不知怎地，嘴角有點僵硬：「別這麼小看我的承受能力。」瑋瑋糾正：「是你太高估自己的承受能力。」我輕輕咬住下唇，不說話了。
瑋瑋繼續分析道：「大綺，我太了解你了。你沒有蠢到能夠忽略，也沒有聰明到能夠糊塗，所以你注定要傷透心。」我打起精神：「我的心臟復原能力很強，傷透了，簡簡單單包紮一下，沒兩天就復原了。」我覺得自己這番話還頗有勵志姐的味道。
瑋瑋嘆了口氣：「我就放你去傻一次。只有真真正正地傻透了，你才會懂。」他不知何時走到了我背後，雙手按在我的太陽穴上，力氣有點大，像是要將什麼東西擠出去似的。他輕輕地說：「大綺，你要記住，這三年之內，我都在等你。」我瞬間覺得自己是一隻迷途羔羊，而瑋瑋則是高喊著「信我者得永生」的耶穌。然而可惜得很，我是佛祖的粉絲，這番教誨沒太大用處。

和瑋瑋一起工作確實是莫大的煎熬，雖然在眾人面前他爲顧及我名聲，沒怎麼跟我說話互動，可是不經意的關懷卻還是讓我很不安。我眞的不想欠他太多，錢這種東西，欠太多都能還清；情就不一樣了，多了，你壓根兒還不了。這便是爲什麼，電視劇男女主角總對那些癡心一片的男女配角說——「這輩子欠你的，我還不了，下輩子再來報答！」

忙了一個上午，會場總算布置出一些頭緒，大夥累死了，三三兩兩約去吃飯。按照慣例，小李子應該跟我一塊兒吃，可是當他像隻歡樂的小松鼠般屁顛屁顛地蹦過來時，卻被瑋瑋的冷眸瞪得灰溜溜彈了回去。這可憐的孩子。

瑋瑋邀約：「附近有一家鐵板燒館子，我記得你愛吃，走吧，我們一起去。」我事先聲明：「好啊，但我請客。」我白吃唯一的可以，白吃瑋瑋的那絕對不行，剛剛才說情債已經還不了，豈敢添債？

那家鐵板燒館子離展覽會場並不遠，我們步行著走去，瑋瑋沿著人行道外圍走。這個習慣是從以前就養成的，如此，即便有快車駛來，也有他在外圍保護著，不致驚惶。

人行道上，撲簌簌地落下不少葉子，就快入秋了。

記得我和瑋瑋認識，也是在秋天。

那時去唯一家玩，意外發現多了一個大帥哥——一看臉，百分之三十的外國味道，坐在沙發上，模樣很冷。唯一說：「這是我哥，剛從他國外的老媽那邊回來，之後會在這裡長住。」

介紹完之後，唯一要瑋瑋請我們吃飯，瑋瑋點點頭，以示答應。那天，我們三個人就走在這樣的落葉大道上。唯一在我左邊，瑋瑋在我右邊，護著我們。當時我又怎麼想得到，這一護就是這麼多年呢？

認識了之後，由於唯一的關係，我和瑋瑋的交往逐漸多了起來。也不知從什麼時候起，我發現他看我的眼神開始不對了。女人對這些事情是很敏感的，你絕對能察覺一個男人對你的喜歡。而自從認識到這點，我就開始避開他——那時，我的心裡已經有了唐宋。

瑋瑋似乎也意識到我對他的逃避，於是在某個我吃得酒足飯飽的傍晚，他約我出來，直接告訴我，他喜歡上了我。我沒有答應，原因我說過了——心裡已經有人。他平靜地接受，說不勉強我，但要我必須答應今後我倆還是朋友；繼續做朋友可以，於是我答應了。

我和瑋瑋做了一年的朋友，其間我發現他對我的好，對我的關懷，跟一般朋友是不同的，似乎仍抱著某種希望。於是在某個我吃得肚滿腸肥的傍晚，我約他出來，告訴他，我確定愛了一個人三年，並且用三年的時間也沒能將他忘記。我希望瑋瑋徹底死心——放掉一個你不愛的人，那才是對他最大的報答。可是，瑋瑋卻說他要等我。那時，我想罵他傻，卻發現自己沒這資格，我不也是正癡癡地等著那個人嗎？

有時我在想，世界是物質的，物質是會運動的，而運動是有規律的。A等著B，B等著C，而C轉了一圈等著的卻是A。如果人人都愛那個愛自己的人，那就天下太平了。

正想著，忽聽見手機鈴聲響起，一瞧，陌生的號碼。怕是會場的工作人員要找，立刻接聽，但那頭的聲音卻刺了我一下：「今天的遊戲，你準備在哪裡進行？」是和一。騷擾電話什麼的最無聊了，正準備掛上，和一卻制止了我：「你要是掛上，一定會後悔。」我沒有聽和一的話，掛斷了電話。

瑋瑋問：「誰打來的？」我輕描淡寫：「無聊的惡作劇。」但瑋瑋的樣子看起來壓根兒不信；太聰明的人，果然不好應付啊。

繼續走著，忽聽見背後有輛車急速駛來的呼嘯聲。瑋瑋果然警覺，趕緊護住我朝人行道內側靠。車速實在太快，只覺一陣颶風從身邊颳過，那動靜，能驚出人一身冷汗。我穩住身子，抬頭往前一看，竟然發現那是和一的車。他就停在那兒，待我抬頭看見後，才重踩油門，揚長而去。挑釁，十足的挑釁。幸好瑋瑋沒受傷，大幸。

我大綺也是個心裡憋不住事情的人，下午趁人不注意溜出了展場一會兒，打電話給和一，約他見面。他拿翹，報上一個地址要我過去。那是市中心的一家酒店式公寓，到了十五樓之五，門沒鎖，我推開門走了進去。

屋裡的裝潢以黑白灰色調為主，時尚簡潔，約莫三十坪大的室內空間全部打通，沒有一堵牆阻隔，看上去十分開闊。中央有張柔軟大床，黑色被單，感覺像堆滿了黑色的羽毛。屋裡唯一的密閉空間就是浴室，挨著陽臺處，以磨砂玻璃隔擋著，裡面有副肉色的身影正在洗浴，水聲嘩啦，熱氣蒸騰。

那是和一，就算脫了衣服我也認得。沒時間客套，我直接衝過去，推開磨砂玻璃。裡面的場景很誘人——和一全身不著片縷，水流在精壯的肌肉上股股蜿蜒而下，他的臉正迎著噴出的水，面頰隱在水霧之中。

他聽見了動靜，身體卻沒有絲毫反應，只是開口道：「你來了。」我問：「我們兩個的遊戲，不該牽扯到其他人吧。」和一輕笑道：「是你先把他牽扯進來的。我提醒過你，掛斷電話便會後悔，只是你不信，一意孤行。」

洗浴完畢，和一把水關上，拿起白毛巾擦乾臉。他對自己赤身裸體暴露在我面前，絲毫未覺不適；不過我也是極品一枚，看見了不該看的地方，也沒什麼尷尬。看來，找家經紀公司我們就可以組個「淡定二人組」。

見他很平靜，我說出的話開始重了：「做出這種傷人的危險舉動，只會讓我覺得你很幼稚。」和一一邊用毛巾圍好下半身，一邊說：「唐宋是我兄弟，我不會對他做什麼，可是那個姓譚的，我不敢做出什麼保證。我是指，倘若你繼續跟他接觸的話。」我有點惱怒：「我跟誰接觸，不屬於你的管轄範圍。」和一學舌：「那麼我要傷害誰，也不屬於你的管轄範圍。」

現在的我跟和一像死對頭，兩人都衝了起來。

和一似乎給出了最後通牒：「如果你不希望情況變壞，大可以跟他保持距離。」我冷答：「我會跟他保持距離。」當我說出這句話時，和一放鬆了嘴角，可是緊接的下一句卻讓他腮邊肌肉跳動了一下：「和一，同時我也會跟你保持距離。」

和一問：「你覺得，我和他是一樣的？」他頭髮全濕，髮絲貼在頸脖上，水珠一行行滑下。我不假思索地回答：「當然不一樣，我對他的感情，比對你深太多。對他，我是愧疚；對你，我是厭惡，十足的厭惡。」說出這句話後，才曉得一個人的心能夠多狠。我不過是仗著和一喜歡我，再用他給予的喜歡來傷害他。我是真的狠，真的毒。

和一輕笑了一聲，垂下頭來，用毛巾擦拭頭髮，這個動作讓我無法看清他的表情，只聞他說道：「大綺，一開始我們在和家私房菜館相遇時，我勸楊楊的那些話，相信你跟譚唯一都聽見了。我要他別對范韻動心思，那不夠哥兒們，打兄弟女人的算盤，算什麼男人。」沒錯，那次他確實是這樣勸楊楊的。我隱約覺得，和一這話似乎在準備什麼重型武器。

和一繼續擦拭著頭髮，一邊問：「那麼，爲什麼我會追你，你想過嗎？」他手上的毛巾吸水性很好，水珠似乎一瞬間就不見了。我知道自己不用回答，和一自會給出答案。

和一抬頭，細長眸子裡照舊漂浮著桃花瓣，只是那一汪水涼得凍人骨頭：「當然不是你有多美，我看過的美女多的是，大綺，你壓根兒排不上名。大綺，我愛你，可是並沒有愛到會因你而背叛兄弟。之所以追你，只是因爲你不是范韻，你不是唐宋心裡那個人，我們根本就不承認你是唐宋的女人。所以我追你，並沒有違背自己的原則。」

我早就說過，和一跟我是同一類型的人，他也狠，他也毒，我們看準了對方的軟肋，使力往裡面捅。我不怪他，因爲是我先出的刀，再痛，也是技不如人，活該。

從和一的公寓出來後，我整個人有點迷茫，回到會場後依然精神不濟，好不容易下了班回家，正在做飯，卻接到唐宋的電話，說晚上有應酬，不回來。一聽這話，正在切肉的刀切到了自己的手指，鮮血直淌，趕緊包紮好——每個月連續幾天流血已經夠倒楣了，哪裡經得住再淌血。

飯也不想吃了，打開電視，卻聽不清電視劇裡任何一句臺詞。打開電腦玩線上遊戲，卻一再被小怪滅掉。什麼事都做不了，乾脆睡覺。多麼想一夢三四年，不醒不覺。

迷迷糊糊之中，我感覺唐宋回來了。見我躺著，他便輕手輕腳地到浴室盥洗。

我起身，悄悄打開浴室的門，唐宋正在淋浴間，水嘩啦啦地流淌，沒注意到我。視線移到洗臉檯上，我看見了那條手環，那麼的刺目。唐宋洗澡時，怕化學物質浸損手環，必定會取下它。鬼使神差地，我伸出了手。接下來，像進入一場魔咒，當回過神來，我才意識到自己做了什麼事——手環被我丟到屋外的垃圾桶中。

和一是個鬼，他下午說的話攪亂了我的心智，令那些可怕的意志出現，我變成了自己最不想成爲的樣子。重新躺回床上，我的心跳得有如打雷。

浴室的水聲止息了，可是唐宋始終沒有出來，裡面響起物品翻動的聲音，先是輕微，彷彿害怕驚醒我；之後聲響逐漸增大，顯出了急躁，每一聲都打在我心上；接著，裡面變得死寂，像是絕望一般，我死死地咬住了下唇。

唐宋走出浴室，在床前站了很久很久，臥室的空氣開始變得稀薄，讓我有窒息的感覺。唐宋終於開口：「秦綺，我的那條紅線手環，是你拿了嗎？」我想我是躲不過了，深吸口氣，盡量保持冷靜，幽幽地開口：「我不知道。」我不知道自己爲什麼要說出這句話，誰都知道我在撒謊。

唐宋沒有放過我，他繼續站在那兒，我背對著他，瞬間覺得兩人之間的距離變得好遠，天長地久般的遙遠。

他沒有動氣，聲音很柔很輕：「還給我，好嗎？」我問：「那個東西，對你很重要嗎？」他沉默了很久，那些等待的時間像細線般綁在我的心上，一圈一圈一圈，終於，他說：「是的，那東西對我很重要。」

判決下放，細線執行死刑，將我心臟切碎。

人之將死其言也善，我告訴他手環的去向，他立刻奔去。我站在二樓的窗戶前，看著唐宋在門前垃圾桶翻找那件對他很重要的東西，他翻了多久，我就看了多久，像是一種自虐。

那晚，他最終找到了范韻送他的紅線手環，只是再也沒有戴過，我不知道他放在何處，但想必妥善地保管著。那天之後，我們再沒有談論過手環的事情，表面看來仍舊如常，可能只有當事人才知道，一些剛升起的熱情，又消滅了。

Chapter Six

愛你，是我專屬的精神病

情場失意，我只能將一腔熱情全轉移到工作上，不再曠工溜班了。

和瑋瑋見面自然少不了，每天中午他都會跟我一起吃飯，但我實在撐不住這股壓力，便死命拉著小李子一起吃。可是氣場依舊弱，小李子和我一樣，爛泥糊不上牆，被瑋瑋強瞪了幾次後，每次午飯時間到了他都鬧拉肚子，沒等我去叫，便一溜煙地不見人影。

瑋瑋的殺傷力實在太大，沒法子，我只能請出另一人來抵擋——上班地點離這兒不遠的蘇家明。蘇家明絕對是個貪吃的傢伙，一聽由我請客，而且支付往返計程車費，每天都準時報到。

更重要的是，這孩子的抗壓性特別強，瑋瑋戴著墨鏡瞪他半晌，他皮肉不痛不癢。瑋瑋摘下眼鏡，用一雙威力堪比重型殺傷性武器的冷眸盯著他看，蘇家明這孩子和瑋瑋對視了好半晌，最終居然問出了一句話：「帥哥，這角膜變色片好自然啊，哪個牌子的？改天我也去買來戴戴。」

居然被當成戴著藍色變色片的非主流帥哥，瑋瑋有點受傷，從此沒怎麼理會蘇家明。可是蘇家明的神經簡直跟自來水管一樣粗，吃起東西來可歡樂了，絲毫沒意識到瑋瑋並不怎麼歡迎他。有了他的屏障，我得以避開和瑋瑋單獨相處，滿好的。

再說唐宋，這傢伙似乎也意識到，他那條紅線手環對我們的感情造成了影響，那天晚上之後，就開始不停地買東西給我。

第一天說是帶我閒逛，結果跑到郊區買了一幢小別墅，全額付清，寫上我的名字，說是以後我若想和朋友聚聚，又嫌家裡吵，可以來這兒玩。隔沒兩天，他又帶回三個鉑金包，說是不知我到底喜歡什麼，便託人拿了三種平時我最喜歡的顏色。又隔沒兩天，帶著我到香港掃貨，採購了不少。那些專櫃小姐的眼神無不羨慕嫉妒恨——羨慕嫉妒恨我這小三能被如此年輕俊俏的金主包養。

我很想告訴唐宋，我真的沒怪他，用不著這麼討好我；可是想了想，還是決定讓他繼續買，不然這孩子心裡不好受。

至於和一那邊，兩週沒見到面了，我和他都在生對方的氣，暫時和好不了。

決定就這麼混混沌沌地將日子過下去之時，突然接到外婆的電話，說是外公身體不適，要我抽空回去看望一下。

外公退休後，便帶著外婆到郊區鄉下老家買了一塊地住下，整日養花弄草，閒適下來，再也不管官場上那些事。接到電話，我立刻向上司請了假，想搭計程車回去，瑋瑋不知爲何得知了此事，非要送我。我不肯，他也有絕招，說：「那好，我幫你叫車，可是我也開車跟著，你管不著。」沒法子，我只得坐上他的車，由著他；跟瑋瑋這個人比倔，鐵定輸。

外公外婆的家離城裡約莫兩個小時車程，到達時，天已經黑了。二老現在住的屋子是一幢三層樓的小洋房，屋外有片池塘，盛夏時，粉色荷花怒放，美得驚人。花園裡則種滿玫瑰，外婆很喜歡，她曾說「玫瑰就是因爲太美而變得俗氣，但俗氣也是一種美，玫瑰美得俗氣，俗氣得熱情」，她老人家並不愛蘭花，說蘭花性子冷，養久了，人的性子也要跟著變冷。

屋子請了兩名傭人，平日幫忙外婆照料家事，見了我，立即道：「妞妞來了。」

妞妞是我的小名，外公取的。

坐在二樓陽臺竹藤椅上，右手叼菸、一身旗袍的外婆，伸出半顆腦袋，瞅著我和瑋瑋，笑咪咪地道：「丫頭，就知道你會馬上過來。」外婆以前是大戶人家的女兒，外曾祖父是大學教授，留過學，因此教育西化，外婆自小就練馬術、喝下午茶，唸書時參加學校的話劇社，在當時也是潮人一枚。老太太六十多歲年紀了，每天依舊旗袍著身，首飾配套，比我還講究。

我問：「外公怎麼了？」外婆說：「就是老毛病，血壓高，頭暈。今天稍稍好點，能起床了。剛吃完飯，在看書呢，你去看看吧。瑋瑋留下，陪我說說話。」

外婆最喜歡瑋瑋，好幾次都想撮合我們，問她原因，說是瑋瑋長得像她初戀情人，當年的一個英國留學生。瑋瑋在老太太面前恭敬得很，我很放心，便步去看外公。

敲三下房門，等外公允許，才進去。外公看見我，滿高興的，可是沒笑，老爺子從來都沒怎麼笑過，很嚴肅，但我摸得準，只要沒皺眉，那就是高興。

外公開口：「回來了。」沒有過多的寒暄，彷彿我每天都會回來那般自然。他老人家正抱著一本易經在研究，我拿了張小凳子蹲在他腳邊：「外公替我算一卦吧。」外公推推眼鏡，看看我：「命是不能隨便算的，自己的命，自己去掙。」

外公說話總是言簡意賅，也沒見他發過什麼火，懂事以來，他最憤怒的一次便是得知媽把我從樓梯上推下來。但就算是那時，他也沒罵，只是對媽說了一句「妞妞以後跟我們住」，而那之後的五年，他沒跟媽說過一句話。我知道，二老是對我最好的人，因此從沒做過讓他們傷心的事。要我做什麼，我就做什麼。

外公看了半晌的易經，又開口問話：「結婚後還習慣嗎？」我又拿出這句話：「滿不錯的。」外公是少數清楚我對唐宋感情的人，他提醒著：「丫頭，你要記得，有些事情是天命，人力改不了。自己能做多少，就是多少，該放手時就要放手，別苦了自己。」

結婚之前，外婆來找過我，二老對唐宋和范韻的事情多少知道一些，外婆勸我再考慮一下。

當時我便告訴外婆：「嫁給唐宋可能會後悔一陣子，可是不嫁給他，我卻會後悔一輩子。」她搖了搖頭，說我的脾氣和媽當初一樣倔。這會兒聽了外公的提醒，我說：「放心吧，老爺子。我聽你的，能走多遠，就走多遠。若前面是條懸崖，沒路走了，我肯定不會跳，絕對回頭。」外公把書翻過一頁，道：「那就好。去吃飯吧，好好休息一下。」我知道外公不喜歡人家打擾他看書，便知趣地離開。

到飯廳時，發現桌上已經擺好幾樣家常小菜，聞起來眞香，而瑋瑋和外婆早已圍坐在桌邊。外婆朝我招招手：「丫頭快來，瑋瑋在等你一塊兒來吃飯呢。」說完還向我眨眨眼，而瑋瑋那雙深邃的藍眼睛也望向我。這兩個人加起來的火力我有點承受不住，連忙裝出兄弟豪情，拍拍瑋瑋的肩膀，道：「我們倆都什麼交情了啊，以後不用等，自己開動。」瑋瑋的藍眼睛繼續深邃：「我說要等，就一定等。」這孩子說岔了，說到另一層意思去了。我不好再接話，只能趕緊坐下，埋頭吃將起來。

菜色全是極爲普通的家常菜——青椒肉絲、嗆炒青菜、苦瓜炒蛋、番茄蛋花湯，吃起來卻格外香甜。外婆搖著絹扇，頗爲得意地說：「這裡的肉，全是向周圍農戶收的家養豬肉，絕對沒餵飼料；還有，蔬果也都是綠色無公害，當然好吃了。」確實很少吃到這麼健康無污染的食物，我和瑋瑋齊心協力地把一桌子菜全部嗑完。

吃完飯，我們陪著外婆聊家常，正聊著，手機「叮」了一聲，沒電，自動關機了。我對著螢幕一片漆黑的手機看了好半晌。

外婆問：「怎麼，怕漏接了誰的電話？」我有點著慌，答道：「忘了跟唐宋說今晚不回去了。」外婆輕搖絹扇：「說不說沒什麼大不了，男人要是不關心你，你三天沒回去他都不知道；要是關心你，你去到天涯海角他都會找去。」說著，頭朝瑋瑋的方向一點，「你說是吧。」瑋瑋點頭：「是的。」

我辯解：「重要的不是他關不關心我，而是江湖道義問題。」外婆抿了一口紅茶，說：「江湖兒女，不拘小節。」頭又朝瑋瑋的方向再一點，「你說是吧。」瑋瑋再點頭：「是的。」

這一老一小居然聯起手來對付我！我有點撐不住，只能暫時放棄思考該如何聯絡唐宋這個問題。外婆又陪我們聊了一會兒，九點鐘左右便去睡了，剩下我和瑋瑋沒事做。二老家裡也沒有電腦，電視則被兩名傭人霸著看偶像劇，我和瑋瑋怕被雷到，決定一塊兒到外面走走。

郊外的空氣確實不錯，是清新的泥土味，而泥土是最原始的氣味，人類繁衍生殖的氣味。兩人走在一起，總要找點事情來聊。當然，說話的主要是我，我從星星月亮聊到黑洞，從詩詞歌賦聊到人生哲學，最後聊到了唯一。

我好奇地問：「對了，你見過段又宏嗎？」瑋瑋答：「沒有。」我又問：「你放心唯一跟他在一起？」瑋瑋認眞答道：「如果唯一她吸毒犯罪不學好，我一定會管。但是她愛上誰，我確實管不了。」瑋瑋是個開明的大哥。我接著說：「有時我會想，他們也算是天生一對吧。」此刻，我們走在池塘的石橋上，水靜波冷，月色澄明，美得很。

月色下，瑋瑋看著我，藍眸如海，那是片寂冷熱情的海：「事情不到最後一刻，怎麼知道誰和誰是一對？」我應和：「我也是這麼告訴自己的。我告訴自己，不到最後，怎麼就知道我和唐宋不是一對呢？」我是有意這麼說的，眞的、眞的不希望瑋瑋對我再有其他想法，我已經欠了他六年，不能再欠另一個三年。

但瑋瑋的想法似乎從來沒變過：「你要等到最後，我就陪你等到最後。」雖然天氣有點轉涼，但蚊子還是滿多的，我的小腿遭到嚴重侵犯，癢得我心煩意亂。我回答他：「瑋瑋，我仔細想了想，如果你繼續抱持這樣的想法，我們還是不要再見面了。」

月色下，瑋瑋的輪廓如刀，開始有些鋒利。

隔了很長一段月色，瑋瑋才開口：「爲什麼？」我解釋：「因爲你是唯一的哥哥，我不想傷害你。我現在已經是唐宋的妻子，我不可能再跟你在一起。」瑋瑋搖頭：「你以爲我會在乎你的婚史？伊莉莎白・泰勒結了七次婚，這對她的魅力有什麼影響嗎？」遮遮掩掩實在不是我擅長的，我乾脆挑明了說：「不，我是說，我和你不可能在一起，我不愛你。」

瑋瑋忽然變成了哲學家，說：「明年的今天你會穿什麼顏色的衣服，會帶什麼款式的包包，你能預知嗎？同樣的道理，你也沒辦法預知明年的今日自己究竟會愛誰。每一天，人都在成長，都在改變。」

我居然還能在這種時候笑出來：「你的意思是，我現在還很幼稚？」瑋瑋道：「成熟的標準就是，明白世界上有自己做不到的事情，有自己得不到的人，並且能夠平靜地接受。」我明白瑋瑋的意思，唐宋就是那個我得不到的人，讓唐宋回心轉意就是我做不到的事。

我反問：「這麼看來，你不也一樣沒成熟？」瑋瑋承認：「每當我們愛一個人時，總是幼稚的。」我語重心長地說：「瑋瑋，如果你愛我，如果你想要我開心，就不要再接近我，不要和我說話，不要和我見面。因爲見到你，我會內疚，我會害怕自己無意間給了你希望，害你無謂地等待下去。」這是我人生中第一次請求瑋瑋。

瑋瑋道出一個我無法回答的問題：「你不也是愛唐宋，那爲什麼還要接近他，甚至嫁給他，你以爲，他不會對你感到內疚嗎？」沒錯，我秦綺就是那種說起別人的事大道理一套又一套，結果臨到自己身上卻什麼原則都不管不顧的衰人。

我嘆口氣：「我愛唐宋，我也想讓他快樂，但我更想讓自己快樂，成爲他的妻子是一件能讓我快樂的事情，所以我去做了。你看，愛情從來不是無私的，你犧牲自己去取悅愛人；你說不想得到什麼回報，可是你的出發點卻是希望他關心你，注意到你的付出。」瑋瑋深有同感：「愛情從來都是自私的。」

正當思緒混亂之時，瑋瑋忽然伸手碰了我的臉頰。一來，我正出神；二來，我實在沒料到瑋瑋會忽然出手——這，不是和一才會使出的伎倆嗎，怎麼幾天不到，全世界都學會了？總而言之，我整個人很不淡定地震動了一下，並且向後退了一步。

人家說「在愛情的世界裡退一步，人去樓空」，可是在池塘的石橋上，我退一步則直接掉進了水裡！雖然會游泳，可是突然墜入池裡，還是讓我一驚之下嗆了好幾口髒水，就連腳也湊熱鬧似地開始抽筋，一條小命頓時就要朝閻王殿奔去。就在這時，接連聽見了兩聲「撲通」跳水聲。因爲生命危急，沒時間去想除了瑋瑋還有誰也跳下了水，只顧著四隻蹄子亂蹬。幸好在窒息前瑋瑋抓住了我，一下子便將我托出水面，拖上岸。

上岸時，我頭上還搭著一片大荷葉，身上還休息著一隻青蛙，實在很狼狽。可是小命撿回來比什麼都重要，我大口大口地喘著氣，哀怨地說：「瑋瑋啊瑋瑋，你說，你忽然伸出手來想非禮我做什麼啊？還好我沒事，要是有個三長兩短，別人絕對以爲您老是求愛不成反害命啊。」

說完，我開始蹲在地上哇啦哇啦地大吐水，這水眞髒，這麼多昆蟲、動物繁殖排泄什麼的都在裡面。吐了半晌，也沒見瑋瑋有什麼反應，抬頭，仔細一瞅，當下什麼反應也沒了——旁邊有兩個男人全身濕透，一個是救我未遂、站得離我稍遠一點的瑋瑋，另一個則是剛才奮力撈我上岸、卻被誤認成瑋瑋的唐宋。我開始後悔被救上岸時怎麼沒暈過去，否則也不至於像現在這般尷尬。

我們三人渾身濕透，就這麼站在池塘邊，風景又賊好賊好的，要是放在無人島嶼上，那絕對是有碼無碼A片中的經典啊！可惜這並不是在無人島，我們三人只能這麼互望著。望了半晌，我清清嗓子，道：「瑋瑋，這是我老公——唐宋。唐宋，這是唯一的哥哥——譚瑋瑋。」沒辦法，瑋瑋、唐宋都不怎麼外向，只好由我來幫忙介紹認識。可惜效果甚微，兩人沒像我預料中那樣伸出手寒暄，而是繼續靜止。

氣氛太冷，我忍不住打了個噴嚏。

唐宋從一旁取來外套，替我披上，輕聲道：「先進屋裡換身乾衣服吧，免得感冒。」是個好主意，免得待在這兒繼續尷尬。於是，渾身濕透的不和諧三人組回家，還把二老也驚醒了。幸好房間多的是，三人各自進浴室沖澡。

我正洗刷刷時，外婆進來，隔著浴簾道：「丫頭，我看你豔福不淺啊，唐宋那孩子長得也很俊俏。」我滿嘴漱口泡沫，一邊刷牙，一邊含糊不清地回應著：「我結婚時，您不是見過他嗎？」外婆坐在馬桶蓋上，右手拿著菸，吸一口，吐一口，道：「那天人那麼多，沒看仔細，他眞像當初追我的那個同學。」我吐出漱口水：「外婆您到底有多少感情史啊？」

老太太又開始大話當年：「哎呀，你不知道，當時我還挺喜歡那個同學的，結果因爲他家庭背景不好，不敢有進一步來往。」我左刷刷右刷刷上搓搓下洗洗：「那我現在跟唐宋結婚，也算是了了您老的心願吧。」

外婆對一夫一妻制開始出現不滿情緒：「哎，要是能把這兩個都收給你，多好。」我笑著關上水，擦乾身子，換上乾淨衣服：「我沒那麼貪心，一個就夠了，兩個嫌多。」外婆開始幫我梳頭髮：「哎，感情這種事說不準。當初我討厭你外公討厭得跟什麼似的，最後兩個人還不是一塊兒生活到這麼大年紀。」

我說：「就是啊，反正只要不出什麼意外，最後，是我和唐宋垂垂老矣地手挽著手散步，我就不信到那時候他還敢有什麼花花腸子，說不定還老年癡呆得連范韻的名字也記不得了。」一邊構想著這幅美好景象，一邊整理好自己的衣服，步出房門，卻發現瑋瑋十分鐘前就開車走了；也好，免得三個人見了面尷尬。

唐宋穿著外公的唐裝出來，看上去頗爲飄逸，增添了一股古意，人長得好就是這點占便宜。

外婆把我們推進客房，一邊關門走人，一邊笑道：「好了，你們兩個小夫妻回房歇著，有什麼事明早起來再說。」

我坐在陽臺藤椅上一邊擦頭髮一邊問：「你怎麼來了？」唐宋解釋：「打你的手機你關機，我就問了你同事，說是外公身體不適，你請假回來看他，我怕有什麼事你一個女孩子搞不定，就跟過來看看。」

我剛想說什麼，他忽然拿過毛巾，站到背後幫我擦起了頭髮。我有點木木的，實話實說，幸福來得太突然，有點無法承受。在我的想法裡，這已經和張敞畫眉什麼的一樣親密了。

我向唐宋道歉：「不好意思，讓你擔心了。」我說嘛，這明明就是江湖道義問題，都當夫妻了，當然有義務通知對方今晚自己會不會回家。唐宋回道：「別這麼說，不好意思的，應該是我才對。」

他的手很輕柔，在他手中，我的頭髮如珍寶般被妥善地對待。我沒再多問，要是問出什麼不好的東西來，我秦綺可承受不住。該糊塗的時候就要糊塗，他說不好意思，就不好意思唄。

我坐在藤椅上，唐宋站在我背後，風從木窗中吹入，涼爽沁人。唐宋忽然開口：「那個人，是喜歡你的吧。」我知道，他指的是瑋瑋。我輕輕地答：「我很感激瑋瑋。」我沒直接回答唐宋的問題，但我想他應該知道我所表達的意思。

唐宋問道：「秦綺，爲什麼你要嫁給我？」我閉目，享受著他的服務：「因爲你長得帥！」唐宋知道我是唬他的：「你應該不是只看皮相的人。」我道：「我當然是！內在可以修養，可是自然的美妙皮囊不是誰都能擁有的。看外表有什麼不對，這是一種對美的追求，再說，醜男也不一定就有內涵啊。」

唐宋繼續問：「爲什麼要嫁給我？」我也就繼續跟他扯：「再加上你有錢，嫁給你不愁吃穿，多愜意。有錢的沒你帥，比你帥的沒你有錢，我不選你選誰啊？」

唐宋第三次問道：「爲什麼要嫁給我？」我睜開眼睛，窗外月色明淨，淨得有些冷。「爲什麼要嫁給你，因爲我愛你」——可是這話我不能說，不到最後一刻，我不能說，我害怕看見唐宋愧疚的目光。

我伸手抓住他的手臂，輕聲道：「唐宋，要是我們很老很老的時候還沒有分開，就到這裡來住，好嗎？」那雙手停頓了一下，似乎是在思考，我的心停在半空中，直到一雙手環住我的肩膀，他的臉頰貼著我的，說：「好啊，只要你開心。」

每個人都有願望，我的願望就是——當滿頭銀絲時，能和唐宋在這池塘邊散步。人有願望，就會開心。

經過上次的手環事件後，我和唐宋再沒有過親密接觸，但今晚，我和他躺在同一張床上。關燈之後，屋內漆黑一片，我倆安歇。

十五分鐘後……我平靜地喊：「唐宋。」他答：「嗯？」我平靜地說：「隔壁房間睡著外公外婆。」唐宋輕巧地反問：「所以呢？」我輕笑道：「所以你的手別搗鬼！」唐宋禮貌地說：「對不起，那我們睡覺吧。」

再十五分鐘後……唐宋平靜地喊：「夫人。」我答：「嗯？」唐宋平靜地說：「隔壁房間睡著兩位老人家。」我輕巧地反問：「所以呢？」唐宋輕笑道：「所以你的手別搗鬼！」我調皮地說：「對不起，我的手今晚似乎不聽我控制。」唐宋樂了：「那……就一起搗鬼吧。」

是夜，我和唐宋在二老家的客房，很不乖了一回。

非常不乖的一晚過去之後，我和唐宋特地大清早起來，正好趕上與二老共進早餐。早餐內容很簡單，就是豆漿、油條、茶葉蛋、稀飯，但吃起來滿香的。外公的規矩就是食不語，我們的整個用餐過程完全可以用安靜來形容。

早餐後，我和唐宋陪著二老散步。清晨的空氣格外清新，涼絲絲地貼滿氣管，外公剛病癒，拄著拐杖，由外婆攙著，緩慢地遊看，我和唐宋跟隨其後以同樣速度前進。

走在前面的外公，頭也不回地說道：「你們年輕人工作忙，吃了午飯就趁早回去吧。」我答應著：「好。」外公說什麼便是什麼。外公又囑咐道：「還有，你媽媽脾氣不好，沒你懂事，少跟她計較。」我微笑道：「不會的。」外公淡淡說道：「兩個人在一起不容易，多多珍惜。」自始至終，外公都是背對著我們。

老人家話不多，也不喜歡我們陪著，走了一會兒就趕我們到別處去逛。

我和唐宋沒事，來到了附近的山上。城市裡雖然也有綠色植物，但那些綠色都是舊的，彷彿加入了鋼筋水泥，而鄉間的綠色卻是一種帶著活力的綠，讓人看了滿心歡喜。

我忽然想起大學時的軍訓課，教官用礦泉水瓶做地雷，放我們在一片類似這樣的山上找，誰找的最多就獲勝。當初心思單純，榮譽感還頗強的，不顧大太陽曬，直接趴在地上滿地找。功夫不負有心人，最後找到了三個礦泉水瓶，以及一個威力和地雷不相上下的東西——一坨狗粑粑。

說完這個遭遇，唐宋笑得滿開心的。我覺得自家相公還眞有點奇怪，怎麼每次我提到粑粑他就笑成這樣，難道是那什麼什麼控？

總是我講話也沒意思，我開始問起唐宋：「你呢？以前軍訓時印象最深刻的是什麼？」唐宋回道：「以前每年假期，我爸都會接我到他所在的軍營，要我進行生存訓練。印象最深的，是在攝氏卅九度高溫下揹著廿公斤的重物翻過山嶺，在大山林裡度過一個星期。水和食物都要靠自己尋找。」他的語氣一如既往地淡，像在訴說一場旅遊。

我實在沒想到這孩子居然也有過這種崢嶸歲月，一時有些反應不過來，太多問題湧向心口，張口半晌，最終問出一個最想知道的：「那，你是怎麼美白的？」

我知道這個問題問得不是很好，要是在漫畫世界中，唐宋的頭上一定會出現三條黑線。但我就是經不住好奇，試想，那些軍人誰皮膚不黝黑，而唐宋每年都集訓，結果還這麼白皙，絕對有祕方；我懷疑，他是不是偷了婆婆的雪肌精全身敷。

沒想到唐宋的回答居然是：「什麼美白產品都沒擦，我每次曬黑就會脫皮，一脫皮就比曬之前更白。」我覺得，這技能擱放在他身上簡直是暴殄天物，要是給我多好，這絕對能排上我想要的技能第二名；至於我第一想要的技能，則是對準仇人下暴風雪。

我又問：「那時候都喝什麼吃什麼啊？難道不准偷藏一點巧克力什麼的？」唐宋笑：「吃巧克力，那就叫野炊，不叫生存訓練了。那時候，渴了就喝燒開的河水、溪水，餓了就吃野草，還有蘑菇。」我追問：「昆蟲呢？」唐宋答：「有時會拿牠們補充蛋白質。」說完後，沉默半晌，我拍拍他的肩膀，道：「恭喜，你贏了。」

跳過昆蟲的話題，繼續攻其他的，我又問：「那野草和蘑菇，怎麼分辨有毒沒毒？」唐宋解釋：「一般來說，顏色越豔麗的，有毒的可能性就越大。」我低聲沉吟：「跟我一樣。」說完後，沉默半晌，唐宋拍拍我的肩膀，道：「恭喜，你扳回一局。」

這下子，輪到我頭頂冒三條黑線，但休養生息片刻後，我又復原了，問道：「公公大人，對你是不是很嚴格啊？」

唐宋點頭：「沒錯，我是他唯一的兒子，再加上他當了這麼久的兵，性情堅忍，從小就對我要求嚴格。小時候總覺得不管我怎麼做，他都不會滿意，後來長大了，才慢慢了解一些事情。無論如何，父母都是最愛你的人，他們的出發點是爲了我們好，只是有時方法不當，造成兩代人之間的隔閡。我父親年紀漸大，心臟不好，所以我現在都盡量避免讓他生氣。」我想，就是因爲顧及公公的身體，唐宋才會忍痛和范韻分手吧。

唐宋忽然問：「你呢？你和媽媽，看上去似乎有什麼誤會？」我蹲下身子拔起草，草細而韌，纏在手指上有點疼，說著：「也不是什麼誤會。其實有時候我在想，我和她之間，母女緣分太薄了。」唐宋道：「媽媽對你的態度，和對秦麗不一樣。」我微笑：「誰都看得出來。」

唐宋問：「能告訴我這中間發生過什麼嗎？」我轉頭笑著看他：「爲什麼你忽然關心起這件事？」唐宋隨著我蹲下，說：「因爲，我想了解你。」我笑了，對著手上的草笑了，然後，忽地傾斜身子，主動吻了他。我想，我是眞的喜歡唐宋，一點也不嫌棄他吃過昆蟲呀！

吃過午飯，我和唐宋準備離開外公外婆家。臨走前，外婆將我叫到房間，給了我一張提款卡，還有一只首飾匣子。

我問：「您這是做什麼啊？」外婆靜靜地說：「提款卡裡頭有一百五十萬現金。這些首飾都是祖傳下來的，實在急的時候，還是可以換到不少現金的。」我堅決不要：「我的嫁妝還沒把你們弄空呀？」

當初結婚時，媽不管不顧，我的嫁妝都是二老準備的，起碼掏空了他們半個身家。想起來覺得很對不起他們，可是外婆卻執意這麼做，她認爲唐宋家裡再有錢，也是他們家的；再說，嫁妝少了，也不像樣，怕我嫁過去被婆家欺負。

外婆把東西塞進我懷裡，歎口氣：「拿著，我們兩個老先生老太太還能花多少！留下來的，不都是你們的？提前給你，就是怕到時候突然去了，而你媽她……想不到要照顧你。雖然說錢買不到感情，但你一個女孩子拿著，總能防身。這麼多子孫裡，最不放心的就是你，雖說物質上沒苦過你，可是生下來就沒見過親爹，親媽又……算了，ㄚ頭，你也別想太多了，老天苦了你，就一定會補給你。別太恨你媽，她也不容易。」我笑答：「放心吧，外婆，我眞的不恨她。」

我說的是眞話，長大後就沒怎麼恨過媽，只是有點難過。

在外婆的送別中，我們離開了鄉間小屋。

唐宋取笑我手上拿了外婆給的一大堆東西：「我們到外婆家，白吃白住不說，還白得東西啊。」我打趣他：「外婆說你不是個良人，所以給我這些，讓我防身。」唐宋笑：「外婆多慮了，夫人有那麼多護花使者，我哪裡敢欺負夫人？」我咬唇憋笑：「你，這是在吃醋？」唐宋笑看我一眼，繼續開車。

眞沒意思，這唐宋也不假裝吃一下醋。我有點惱他，對他的懲罰就是——整趟路睡我的覺，不和他說話。但兩個小時的車程說來也頗快，睡一覺就到了。醒來，卻發現唐宋開的路線不對，不像是回我們家。

唐宋解釋，剛才接到秦麗打來的電話，說她今天帶楊楊回家吃飯，要我們也回去，並且信誓旦旦地說這是媽的意思。我一聽，本能地回道：「我沒答應要去啊，我不喜歡這麼被綁架。」唐宋道：「一家人，總要面對的。而且，眞的是媽要你回去的。」

那次巴掌事件之後，我和媽再沒見過面。這次她主動要我去，也算是求和。我想起答應過外公外婆的話，最終還是同意跟唐宋回娘家。

回到家，傭人阿姨和媽正在廚房裡忙碌，秦麗則陪著楊楊在沙發上坐。唐宋打趣楊楊：「好巧，你也來看丈母娘啊？」「我不是……」楊楊想說些什麼，但礙著秦麗在場，沒再多說。

很快地開飯了，不錯的菜——蛋黃蟹，橙黃交雜入口酥爽，蟹肉潔白清甜細嫩；白果雞丁，清爽可口，顏色宜人；孜然烤蝦串，味道鮮足，濃烈刺激；荷塘小炒，清涼鮮嫩，色彩繽紛；蝦皮蘿蔔絲湯，極爲清淡，清理腸胃。

我本打算低頭不語，快速吃完飯走人，可惜席間發生兩件大事——第一件是媽破天荒夾了一隻蝦給我，我有點受寵若驚，心內小抖動了一下；第二件則是秦麗當著大夥的面，道：「媽，我和楊楊打算訂婚。」話音一出，楊楊被白果哽住，咳得臉都紅了，想來這孩子也是剛知道這件事。我打算回家後找唐宋好好了解一下這兩個人到底怎麼回事。媽還算淡定，沒說同意，也沒說不同意，只道了一句：「這些大事要慢慢商量。」接著，繼續吃飯。

吃完飯，正打算回家，卻被媽叫到樓上房間。說實話，上樓時，有點小忐忑，手心小出汗。一進房間，媽就向我道歉：「上次打你，確實是媽不對。媽當時是心急，要是換成你躺著，我也一樣心急。」我故作鎮定地答：「沒事的。」實在想不出什麼話可說，再加上面對她少有的溫柔目光，我有點手足無措。

媽今天的態度大轉變：「小綺，你別再生媽媽的氣了。」我點頭，加重語氣回道：「我眞的沒有。」媽微微一笑，笑容淡淡的：「那麼，你就不要再聯合外人來害小麗了。」我冷聲問：「你是什麼意思？」

一瞬間，腦袋有點懵，眼前這個被我喚做媽的人在笑。她笑的時候，一側嘴角會翹得高些，在臉頰上映出一道陰影，不太深，像溝渠，盛滿了冰天雪地。我總算明白了，今天的媽和往常沒什麼不同，我對自己道聲歉——「秦綺，眞不好意思，沒帶眼識人，讓你受委屈了。」

媽的聲音頗輕柔，她確實是柔聲柔氣地跟我說著話，可是那雙眼睛，那雙遺傳給我和秦麗的眼睛卻顯露出嫌棄的眼神：「你明明知道楊楊心裡有人，還撮合他跟小麗，讓小麗陷進去？你自己的老公愛著那個女人，你心裡不平衡，所以要找一個同樣愛著那個女人的楊楊來折磨你妹妹，你不覺得自己的心裡已經出現問題了嗎？」

我的聲音也滿輕柔的，說：「你覺得這是一種折磨？媽，難道你不認爲如果足夠愛這個男人，就算他心裡沒有你，可是能夠與他朝夕相處，能夠以最貼近的距離看著他的樣子，聽著他的聲音，觸摸著他的體溫，也是一種幸福嗎？」媽咬牙切齒地輕道：「我到死都不會同意你這種變態的看法。」她移開了眼睛，似乎……多看我一眼也是一種煎熬。

我豁出去了，問她：「如果你覺得這是一種折磨，那爲什麼當初會同意我嫁給唐宋？」明知道答案必定是傷害，我還是要問，我大綺就是這點不討喜，很不討喜。

媽又將眼睛移向我，冷冷地說：「是你自己同意的。」我笑：「小麗也是自己同意的。」她的眼睛冷寒銳利，冷冷地說：「你和小麗不同，小麗不能出事。」我還是在笑：「我就能隨便被犧牲嗎？」她的面龐冷絕，冷冷地說：「你要怎麼想，就怎麼想好了。」

我笑得嘴角都痠軟了，但絕不能垮下：「你要聽我的想法嗎？第一，我嫁給唐宋，眞的一點都不覺得是折磨，眞抱歉，讓你失望了。第二，秦麗和楊楊的事情，我是眞的不清楚，你也把我想得太有超能力了，沒有誰能強迫一個正常人愛上另一個人，我沒這能力。第三，我和您氣場不和，以後沒事還是少見面，免得兩人都不開心。」

話既已說完，轉身走人才是上策，而我確實這麼做了，拉著唐宋直接步出大門。

見我臉色不好，他沒多問，任由我差使。坐上車後，帶著些許乞求的味道，我對唐宋說：「我們去兜風好嗎？」唐宋自是答應了，在超市買了一大堆吃的喝的之後，開車帶我上山。

城市裡，夏季的殘溫還在做最後的掙扎，但山頂上卻已是初秋的天下。低頭一望，整座城市星光璀璨，浮光點點，美得驚人。身在其中時，我們總嫌它處處都是鋼筋水泥，嫌它到處都是喧囂人聲，然而只有遠離時，才會覺得自己已經離不開它。人總是這樣，對默然給予自己感情與保護的人事，不加珍惜。

我和唐宋下了車，就地席坐在車前。打開超市塑膠袋一看，樂了，啤酒、香菸全是我喜歡的牌子，零食也全是我喜歡的種類。唐宋這孩子，越來越前途無量了。抽著小菸，喝著小啤酒，品著小零食，賞著小美景，這小日子會不會過得太逍遙了。

唐宋陪著我墮落，我沒料到他也會抽菸，而且抽菸姿勢還很帥氣，果真沒嫁錯人。正看他吐菸圈看得入迷呢，這孩子忽然開始發問：「能告訴我，你和媽之間究竟發生了什麼嗎？」這是一天之內，唐宋第二次提這個問題，這次可不是一個吻就能打消他疑惑的了——我決定採取車震。

正考慮著體位問題，唐宋卻將手放在我的手上。什麼話也沒說，但他掌心的溫度已然融化了我的拒絕。清清嗓子，我決定告訴他一些事情了……我和秦麗是同母異父，我現在的爸爸，是我的繼父。

「什麼時候知道這件事的？」——應該是從懂事開始吧。

「繼父對我不好？」——不不不，他對我滿好的，是個很合格的繼父，出差帶回給我和秦麗的禮物都是一樣的，不願讓我覺得被嫌棄。

「我的親生父親？」——我不知道，他的年紀、相貌、工作、身世，我全都不知道。

「爲什麼？」——因爲這件事是我們家的一個大祕密，帶有污點的大祕密，沒人願意提它。

「問過外公外婆嗎？」——當然問過，可是問了兩三次，每次外公都會走開，而外婆總會歎氣，我不想讓他們不開心，乾脆就不問了。

「我父母親相戀的大概情況？」——這個我不太清楚，可是我媽有時會把她對我親生父親的仇恨放在我身上。那時，她無意中會罵出一兩句他們之間的恩怨，據我推測，大概是她年幼無知戀上了家貧的他，可是家裡反對，她便和他私奔，可惜過不了貧苦的日子，最終帶著六個月的身孕回家裡來。可惜那時我已經成形，打不掉，本來說是生下之後就要送我到孤兒院，可是外公跟繼父、媽深談之後，最終決定留下我——做他們的大女兒。

「媽對我不好？」——那是當然的。我想，她從一開始就不想生下我吧。我是硬被塞給她的一個孩子，她怎麼可能喜歡。

「恨她生下我？」——不不不，我從沒恨過這一點。生而爲人多好，而且是一個身體健康的人，能吃那麼多好吃的，能去那麼多景色各異的好地方，多好，我很感激被生下來。

上面最後這段話是實實在在的，我恨過媽吝於給我母愛，恨過她把我從樓梯上推下來，恨過她待我和秦麗如此不公，可是，卻從沒恨過她生下我。我這輩子過得滿開心的，除了砒霜鶴頂紅含笑半步顛，該吃的都吃了；除了召男妓吸毒，該玩的都玩了；而且還擁有自己愛的以及愛自己的男人，值得了。

一次說了好多話，有點口渴，拿起啤酒灌了半瓶，眼睛卻無意間瞟見唐宋正看著我，小眼神頗飽滿的。我嚥下滿口啤酒：「你別這樣看著我，我害怕。」

唐宋什麼也沒說，只用他那飽滿的、臉上已經劃好十幾道黑線的眼神瞅著我，瞅得我心裡長毛膀胱飽漲皮膚縮緊，終於忍不住想問他是不是鬼上身，一個「你」字剛開口，卻被唐宋堵住——當然，用的是他的嘴唇。

這簡直就是華麗麗的偷吻，而我秦綺也是個不肯服輸的，當即就進行了狂風暴雨式的報復，一手抱住唐宋的腦袋深吻了起來。這個吻，一開始是紫薇爾康的纏纏綿綿式，然後是馬景濤馬教主的咆哮式，耗費了大量的卡路里。而唐宋在我眼中簡直是康師傅泡麵——好吃看得見。我欲罷不能，他也一樣。再下一秒鐘，我倆乾脆躲進車裡，直接面對面體對體，來了一次全方位最最最深入的接觸。

在最後的衝刺中，在腦海的愉悅空白中，我忽然冒出一個念頭——唐宋雖然沒愛上我，但很有可能愛「上」了我。實踐證明，錢包裡隨時放套套眞是多麼必要的事情，因爲我們隨時隨地都有獸性大發的可能。

可是，當某天在雜誌上看見，保險套的避孕成功率只有百分之九十八後，我有點慌了。按照這個比例，我和唐宋一年保守估計要做個兩百次，便很可能會生四個小孩出來——要是其中一次是雙胞胎，那簡直可以組成一支籃球隊！

看來保險套不全然保險，我決定去買避孕藥，雖說對身體有點傷害，但至少安全。到了藥局，正悄聲詢問店員時，陰魂不散的蘇家明又出現了，指著某個牌子道：「還是這種好，對身體副作用小，成功率高。吃久了，你想生都生不出來。」這簡直就是華麗麗的詛咒啊，我小瞪他一眼，最後，還是買了他指的那個牌子。

走出藥局，蘇家明非要我請他吃飯，說是報答他的指藥之恩。想了想，乾脆拉他去吃附近一家餐館的歐式自助餐，這正合蘇家明的胃口，一聽，趕緊拉著我一蹦一跳地奔去了。雖說價格小貴，但菜色還算不錯，偌大的廳中擺滿了美食——木瓜燉雪蛤、蒜蓉生蠔、黑胡椒牛排、椒鹽蝦、大閘蟹、法國蝸牛、鮑魚，以及各式飲料水果蛋糕；對於一向不挑食的我們兩個，是再好不過的去處。

蘇家明一邊大口吃牛排，一邊哀歎辛苦的醫生生涯：「早上剛做完一個手術，累死了。還好有美食，不然都想去自殺。」我回他：「這年頭，想自殺也沒那麼容易——跳河容易污染水源，跳樓容易砸到別人，死家裡那屋子就沒人買，撞車還容易把別人嚇出心理障礙。」

蘇家明問：「你這是在勸我不要自殺嗎？」我搖頭，道：「不是。我是說，你要想個不拖累別人的死法再進行自殺計畫，否則就是遺臭萬年，我都幫不了你。」蘇家明小怒：「秦綺，你就知道欺負我。」後又轉動一下烏溜的眼睛，這孩子開始報復了，直接道，「對了，你的情敵最近還好嗎？」

我人生中最失策的事情，就是前幾天硬拉他跟我、還有瑋瑋一起吃飯，這蘇家明的八卦因子比狗的嗅覺還強，居然從我和瑋瑋對話中不小心流露的隻字片語，以及他孜孜不倦的打聽下，大致了解了我、唐宋，還有范韻之間的事情。

我一邊繼續往嘴裡塞東西，一邊說：「我不知道。人家在大不列顛及北愛爾蘭聯合王國，路線太長，我關心不了。」話說，吃高級自助餐的精髓就是要「餓到扶牆入，撐到扶牆出」，我沒能掌握前者，那就一定要把握後者。

蘇家明問：「難道你不恨她？」我嚼著烤小黃魚，味道滿香的，慢悠悠地說：「恨倒是不恨，只不過前女友和現任女友天生是競爭者，比賽的名字就叫做看誰死得更慘；所以說，我們不可能成爲朋友。」見我扮演著淡定姐，蘇家明很是失望，想了想，又開始充當起心理醫生，道：「大綺啊，我覺得，你喜歡唐宋那是必然的事情。」

他這話一出，殺傷力頗大，我的心臟小狂跳了一下。因爲所有的人都不斷質疑我爲何執意將脖子吊在唐宋這棵小白楊身上，只有這蘇家明擁有別家理論，我決定暫且一聽。

蘇家明一邊努力消滅著盤中的鮭魚和牛小排，一邊道：「其實，你這是一種精神病。」我回敬他：「你才精神病。」

蘇家明忙道：「欸欸欸，你聽我說完啊。其實，這眞的是一種心理疾病。你看，你從小缺乏母愛，可是又很想得到，這造成了你一種慣性心理，彷彿得不到的感情才是你最渴求的。長大後，追求你的人應該不少吧，唐宋也不算是最優秀的，爲什麼就喜歡他？因爲，你內心深處知道自己得不到他。這和你小時候的情感缺失經驗重合在一起，控制了你的心智思想，於是乎，你就非唐宋不嫁了。」

我試著翻譯了一下蘇家明的語言：「你的意思是，我潛意識裡，是把唐宋當成我媽來愛？」蘇家明又開始消滅北極貝了，續道：「可以這麼說！」

我瞬間覺得，蘇家明這孩子，比起和一、瑋瑋、唯一之類的角色狠多了，人家最多說我死腦筋、固執，他居然把我愛唐宋這件事當成一種心理疾病。最後，吃完飯臨別之際，這孩子還捂著他那飽漲的肚子補充一句：「秦綺，這是病，你得盡快治。」

我暗傷。

暗傷完了，還是決定繼續過我的日子。趁著有時間，決定找秦麗談談她和楊楊的事。打電話一問，這孩子在「伊甸園」，我擔心遇見和一，便要她到那附近一家咖啡廳等我。

秦麗還算聽話，我去的時候她已經在那兒等了。兩姐妹都是一根腸子通到下水道的人，還沒等我坐定，秦麗直接就問：「姐，你是不是想問我關於楊楊的事啊？」我點頭：「秦麗，我想你應該知道，楊楊心裡有人。」秦麗點頭：「范韻是吧，我老早就知道了。」

我闡明觀點：「我不會反對你們結婚。可是秦麗，你得明白自己將要面對的是什麼。很可能，你費勁心力去愛他、關心他、在乎他，到頭來他的心仍舊不在你這兒，這種情況之下，你能熬得過嗎？很可能，在你為他生兒育女之後，仍舊發現他在悄悄看那個人的照片，這種情況下，你能熬得住嗎？很可能，在你全心全意愛他的時候，他告訴朋友，自己對你只有感激，這種情況下，你能撐得住嗎？」嫁給一個並不愛你的人，意味著將來會有很多不可預知的、傷透你心的事情發生，我不希望秦麗受傷。

秦麗撫摸著咖啡杯，半晌，才抬眼看我：「姐，你在結婚前，也是這樣把一切都想好了，是嗎？」我有點愣住，沒料到秦麗也知道這件事。秦麗的眼睛很澄明，但並不是空白，她平靜地說：「姐，我們是姐妹，你愛著誰，瞞不住我的。」我雙手捂住咖啡杯，剛沖好的咖啡，有點燙手，可是捂上去，卻有一種異樣的快感，受虐的快感。我望著她：「秦麗，因為我知道這種苦，所以才不願意讓你也去嘗。」

秦麗問：「姐，你在和姐夫結婚前，應該就設想過自己會傷透心這件事吧？」我點頭：「是的，設想過無數次，只是設想中的痛苦並沒有現實來得那麼凌厲。」秦麗看著我，甚至是盯著我，她的眼神不容許我撒謊：「如果……姐，如果再給你一次機會，你會嫁給姐夫嗎？」

我想起自己在婚前對外婆說的那句話——「嫁給唐宋可能會後悔一陣子，可是不嫁給他，我卻會後悔一輩子。」我保持了沉默，但我的表情沒有撒謊，它告訴了秦麗，我內心的話。

秦麗緊緊握著我的手，她的表情讓我感受到一種熟悉的韌性：「姐，我一定會讓楊楊愛上我的。你看，最剛開始認識的時候，他理都不理我；可是現在，我卻是他的女朋友。就算他心裡有人又怎麼樣，我就不信自己比那個女人差。」

我警告秦麗：「但很多事情不是努力就會有結果，你要做好心理準備。」秦麗猛點頭：「我知道。雖然說不是努力就會有結果，但是連努力都不去努力，你怎麼知道會有什麼樣的結果？」

事已至此，我還能說什麼，最理解秦麗的人，應該是我才對。

談完後，秦麗回伊甸園找楊楊，我也準備回家。正叫車時，面前忽然閃出一大束玫瑰，映得我眼前一片血紅。退後一步，卻發現一雙邪氣的桃花眼，原來是許久不見的——和一。自從上次吵架之後，我們再沒見過面，今天忽然見到，有點尷尬。

和一開口：「這不是求愛，是求原諒。大綺，我真的錯了，你別不理我。」他居然在大街上帶點撒嬌語氣地對我說出這番話！果然，長得好看的男人撒起嬌來並不會讓人覺得難受，反而會激發女人的母性，而且是大大地激發。

我微笑道：「以後你別再那麼衝動就好。」我原諒了他，可是這孩子還不肯放過我。和一說：「你去哪裡，我送你。」我答：「回家，和唐宋滾床單。」其實我並不是爲了氣他，只是想告訴他，我和唐宋之間存在著眞眞實實的夫妻關係。和一笑了：「我也可以跟你滾。」他笑得好純，純得黑暗。我聲明：「我只想跟唐宋滾。」和一繼續笑：「那我就送你回去跟他滾吧。」

我怕慘了他的這種笑，每次他這麼笑的時候都會有事發生；再說，我也不是腦殘，當然知道坐上他的車肯定沒好果子吃。我道：「如果有什麼要緊事，就在這裡說吧。」

和一把花塞進我手中，那花滿大一束，直接湊著我的鼻子，而且很香，不像玫瑰的味道，我懷疑噴了香水。

和一繼續遊說：「跟我上車吧。」我語氣堅決：「不行！」可是不知怎地，意識漸漸模糊了起來，周圍的車輛聲說話聲也逐漸靜止，手中花的香氣持續飄來。我使勁地揉揉眼睛，竟發現眼前和一那雙桃花眼正盯著我，冷得嚇人。「啊，是迷幻藥！」——忽然意識到這一點，心內一驚，可是已經來不及了，下一秒鐘我就失去了意識，絲毫不知發生了什麼事。

後來才知道，我昏迷了兩天。

醒來時，發現自己躺在一張柔軟大床上，床是歐式古典風情，米色的帷幔垂下，配著滿屋子的古董家具，忽然有點穿越的感覺。壞了，以前穿越劇流行時都跑去研究中國古代史，沒料到自己居然會穿到外國來。

頭還是有點昏沉，一時弄不清到底發生了什麼事，直到看見旁邊硬木椅上坐著和一，記憶才如洩洪般灌入腦海。

我問和一：「你綁架了我？」和一沒有否認，他雙腿交疊，一雙細長眸子看著我，眼底沒有絲毫強烈情緒，簡直是個訓練有素的人口販子。

我又問：「爲什麼要這麼做？」但換來一個很討打的回答：「想做就做了。」

我反問：「你想關我一輩子？」我覺得這是毫無可能的事情。

和一答：「我只想關你一陣子。」我平靜地問：「一陣子，可以用來做什麼？」

和一平靜地答：「什麼都可以做。」我有點訝異：「你要我的身體？」

和一平靜依舊：「不只如此。要是只要這個，大可以在你昏迷時就做了。」我不可思議：「你難道不害怕，這種作法可能會惹上很大的麻煩？」

和一神色自若：「做每一件事情都會有代價，但只要你覺得值得，就可以去做。」我想了一下，又問：「跟我單獨相處一陣子，和失去朋友相比，更重要？」

和一挑了一下眉：「如果我說『是』，你會感到開心嗎？」我答：「我想我不會。」和一補充：「即便失去朋友，也是我的事情，你不用擔心。」

我好奇：「這裡是哪裡？」和一答：「英國鄉間。」我微微驚詫：「你覺得，唐宋能多快查到，並且趕來？」和一不慌不忙：「根據我做出的一些誤導舉動，兩個星期之內他們絕對找不到這裡來。所以，我們有足夠的時間單獨相處，以便彼此了解。」

我覺得，和一逐漸有點脫離我對他的認識。當初的他雖然不馴，卻是個很有自制力的人，而現在給我的感覺是——他在毀滅，而任何的毀滅都是可怕的。

和一攤攤手：「還有什麼想問的嗎？」我看著他，問出了一個此刻對我而言最重要的問題：「洗手間在哪裡？」吃喝拉撒，這是做爲一個人最眞實最俗氣最愉悅的生理活動。

撒完後，我下樓到餐廳進食。

順帶觀察，我發現自己所在的地方確實如和一所言，是一幢鄉間別墅——兩層樓，十八間臥室；屋外是平整的草坪，陽光之下，綠得晃了人眼；草坪之外則是灌木叢，充滿異國情調；別墅配備了游泳池和網球場，頗適合休閒和旅遊。我覺得這個地方用來當作綁架我這個人質的儲藏室，有點暴殄天物。

管家、廚師、傭人全是英國人，因此端上來的餐點也全是英式的——烤牛肉配約克郡布丁，牛肉烤得恰到好處，布丁酥軟，加上調味肉汁，確實不錯，不愧爲英國國菜；蘭開夏火鍋，羊肉洋蔥加馬鈴薯，絕配，羊肉口感好，柔軟多汁；此外，還有煙燻鮭魚，皇家奶油雞、豌豆糊、羊肚雜碎等等。

雖說英國菜被評爲全世界倒數第二，連韓國人都可以拿著小泡菜加以盡情鄙視，可是我今天胃口還不錯，大概是餓了兩天的緣故，吃得滿多的。等肚子大概七分飽時，我開始跟和一聊天。

我一邊喝紅酒一邊問：「問一下，我要是想從這裡逃出去，會遇到怎麼樣的情況？」和一倒是知無不言，很樂意爲我解答：「這裡四周有保鏢全天候二十四小時守著，而且還有獵犬，只要一發現動靜，第一時間就會撲上來撕咬。」

雖說我秦綺不怕狗，但被獵犬咬下小腿上的一塊肉還是不怎麼划得來，我決定暫時放棄逃跑計畫。畢竟，和一在綁架我之前想必已將此處封得嚴嚴實實，要想困住智商不算太高的我，絕不成問題。如今，只能祈求唐宋快點找來這裡。

我大綺雖然是個宅女，但宅在家時總有電腦陪著，如今，和一把我可能跟外界聯繫的工具全都搜走了，我只得靠小說度日，而且還是英文原版小說。這太考驗我的英語程度了，眞想拜託和一給我一個電子字典之類的查一下單字什麼的，可是猶豫了一下覺得太丟臉，還是算了。

我在閱讀室的沙發上讀著小說，和一坐在我對面拿著一香檳獨飲，我倆中間隔著壁爐；這氣氛，還眞有那麼點浪漫意味——我是說，假使和一的眼睛能不像小野狼那樣發著綠光盯著我看。

不過，我秦綺從來都是內心強大的女漢子，正眼對著那雙狼眼，就當是一對小螢光珠子好了，繼續看我的書。但我不動，無奈敵要動。和一這孩子喝完一整瓶香檳後，放下杯子，走了過來，挨在我身邊坐下。

我在心裡默唸：「看書、看書。」可是和一卻慢慢湊近我，拿鼻子嗅我的頭髮。我眼睛沒離開書，暫時裝淡定：「你上輩子屬小狗的？」和一繼續嗅著：「頭髮滿香的。」我回道：「別靠我太近，我不習慣。」說完，往旁邊挪了一屁股。和一的屁股也跟著我挪動，還把手放在我後面的椅背上，姿勢更親密了。

我起身，想到對面沙發上坐：「熱死了。」要是和一肯罷休，他也不叫和一了，這孩子臉皮厚到某種程度，我才剛站起身，他居然硬把我拉回原位，而且一個翻身，困住了我。

我威脅：「要是你硬來，絕對能成功，但同時，你身上也會少一個零件。」和一微笑，薄薄的唇泛著光澤，口中有著剛飲下的香檳香味：「大綺，能爲你少一個零件，我心甘，我情願。」

我皺眉：「你能不能做點別讓我那麼討厭的事啊！」和一反問：「那我要怎麼做，你才不會討厭我？」我說：「放我回去，別再硬纏著我跟你玩這個變態遊戲，我就不會討厭你了。」和一淺淺一笑，模樣好看得要命：「大綺，要是這樣，我還不如讓你討厭我。」這孩子確實沒救了。

我磨牙，像那群待在草坪邊緣、隨時準備咬下我小腿肉的獵犬般，隨時準備咬下和一身上的一個小零件。

說時遲那時快，這孩子居然在我反應過來之前像小雞啄米似地吻了我，正當我覺得這人怎麼可能在我昏迷兩天後就變身成斯文人時，唇上突然傳來了痛和腥味，讓我只覺得自己前一秒鐘的想法委實太過善良——剛才的吻哪裡是小雞啄米，分明是惡狼搶食；他根本不是想吻我，而是刻意要咬我。

「和一，你這傢伙實在太禽獸了，讓人強烈鄙視。」——我瞪著他，用眼神表達了自己的心內話。和一微笑，笑得很燦爛：「秦綺，你記住。這輩子，有個男人拿走了你一塊肉。」我不想讓他得意：「我記不住。」和一邪笑道：「你會記住的。」

他伸出手指在我唇上抹了一下，我看見，他手指染上了淡淡的血跡，屬於我的血跡。他將手指放入唇中，品嘗著那股腥甜，再一笑，走出了閱讀室。看著他的背影，我沉默半晌，和一，你眼睛細長就別笑了，都快瞇得看不見了。

吃完晚飯，繼續看書，直到眼睛開始打架，我回到自己臥室，準備洗洗睡了。可是一瞅，和一居然在我床上躺著，而且身穿浴袍，看來人家早就梳洗停當，就等我上床。

我轉身，想步出門去找其他的十七間臥室，和一卻慢悠悠地說：「你睡哪間臥室，我都會跟去。」我回他：「那我不睡床，睡沙發可以吧。」和一說：「也可以，兩個人擠在沙發上更親密，更容易擦槍走火。」

想想也有道理，男人的身體構造複雜，沒事還是別擠在一塊兒，免得引起犯罪行爲；再說，這裡是他的地盤，我就是躲在游泳池底也逃不過，乾脆如他的願，躺床上睡好了。

想好之後，我進浴室梳洗。一走入，發現情調果然夠浪漫，浴缸裡的熱水已經幫我放好，還弄了薰衣草泡泡浴，周圍全是蠟燭，滿室溫暖橘紅。脫了衣服躺進裡面，水溫恰好合適，舒服得我長歎口氣。

閉上眼休息，想的卻是唐宋。這時他應該在找我吧？想不到，跟他的感情才剛有進展就發生這樣的事，是好事多磨？還是注定無法在一起？人活於世，實在是煩惱多多。一想起他，思緒就停不住……

想起高三最後一段時間，整個年級各班依序到操場上拍畢業照，我們班在他們班之前拍好，之後我卻沒有離開，而是遠遠地望著他——白色的T恤，清爽的髮型，俊逸的輪廓。我在場邊想著，高一時他在樓梯上拉住了我的手，那一瞬記憶猶新；還想著，這，幾乎是最後一段和他相處的時間了。雖然知道他要報考哪間學校，卻沒有填志願，因爲那是他和范韻約好的地方，沒有我容身的位置。無論是不是我先愛上他，總之，他們在一起的時候，我沒有資格插入。

也沒想過要刻意等待，只是從沒遇上能讓我忘記唐宋的男人，於是就這麼愛下去，直到上天在多年後讓他重新出現在我生命之中。多年前，由於猶豫，我錯過了他，就像和一說的「做任何事都會有代價」，我失去而重獲的代價就是——時間，在他心中遺留下一道抹不去的倩影……

記憶漸冷，水也冷了，我擦乾身子，梳洗完畢，走出浴室。

和一還醒著。上床後，我掀開被子背對他入睡，然而心裡很清楚，眞正的考驗才即將開始。果然，沒多久，他的手便從被子底下穿過來環住我的腰。環就環吧，他的手卻不老實，隨時有進攻的傾向。

我問：「老老實實睡覺可以嗎？」和一的回答倒頗老實：「不行。」我不說話了，跟和一認眞，會被氣死。但我不說話，人家會說話。

和一湊近我的後頸，輕聲問：「告訴我，爲什麼會愛上唐宋？」我認眞回答了起來：「就像大部分鳥類會把第一眼看見的活體動物看做自己的母親那樣，一生跟隨。而我第一次愛的人就是唐宋，也會一生愛他，這是種銘印行爲。」說完這番話，瞬間覺得自己被蘇家明那傢伙傳染了。

和一不滿意這個答案：「但你是人類。」我反問：「那麼我問你，爲什麼會愛我？」和一道：「因爲你夠特別。」我回他：「快別這麼說，我頂多是氣質小清新了點。」我秦綺，還滿有自知之明的。

氣氛沉默三秒，和一主動過濾了這句話。

我繼續問：「特別的女人很多，爲什麼是我？」和一說出了一句很偶像劇的話：「因爲，你是秦綺。」我以子之矛攻子之盾：「因爲，他是唐宋。」和一邪笑：「但你忘記了，我是和一。」說完，那雙手又開始不老實了，開始對我進行眞正的上下其手。我一邊反抗，一邊罵「人渣」，和一一邊動作，一邊笑答：「你現在才發覺這點？」從這句話推斷，和一還滿清楚了解認識自己的。

和一繼續進行著他的人渣行爲，我也繼續展開自己的暴力不合作運動。在此過程中，和一消耗的卡路里計算如下所示——脫衣服未經我同意，消耗一百八十卡路里；暴力的愛撫，消耗六十卡路里；使用舌頭的深吻，消耗六十五卡路里；挪動身體發出的聲音，消耗三十八卡路里；小弟弟雄偉聳立，消耗六卡路里；搜尋前戲目標，消耗八卡路里……至於我自己，在整個反抗與被鎮壓、又反抗和又被鎮壓的過程中，消耗的卡路里更多！

而今眼下，我整個人成了一隻被剝皮的蝦，光溜溜地躺在床上。不是我不努力反抗，只是男女的力量相差太過懸殊，尤其我面對的又是一個如此變態且獸性大發的男人，我大綺一介弱女子，只能被狼狽地制伏。

我警告和一：「你要想清楚，我雖然阻止不了你，但要是你違背我意願做了這樣的事，我一輩子都不會原諒你，唐宋也不會原諒你的。」和一輕笑：「如果我怕你們不原諒我，你就不會被綁到這裡來了。」屋內燈光是柔和的橘紅，可是他的眉目卻隱在淡淡的陰影下。

事已至此，我認命，只能咬牙閉目忍耐，就當被院子裡的小獵犬咬一口算了；不過，人獸交太邪惡，乾脆當作被酒店的公關小鴨服務一番好了，而且是免費的。

正當我進行著個人史上最強有力的心理自我安慰活動時，和一卻繼續趴在我身上，奇怪的是，他並沒有對我進行實質的傷害——他，一隻手禁錮著我，另一隻手則對自己的小和一進行著規律有節奏、由慢速到快速的運動。

我有點愣住，暫時放棄了反抗。

趴我身上的和一逐漸加快動作，氣息漸漸灼熱，喘息聲清晰可聞，小俊臉開始顯出一種愉悅中參雜著痛苦的神色。爲了避免自己被那個那個，現在的我只能跟和一站在同一戰線，滿心期待他的萬千子孫趕緊衝出來。終於，在最激烈的運動中，他的身體僵硬了一下，隨著我小腹上增添的一股暖濕，他癱軟下來，倒在我胸前，直喘著氣。

我還是不敢動彈，只因害怕這孩子天賦異秉、金槍不倒，害怕這只是他的熱身運動，接下來就要拿我開刀來眞的。所幸，和一乃一介正常男子，在沒受到任何刺激的狀態下，小和一逐漸疲軟了下去。我只能謝天謝地。待和一做完這一套非正式意義的活塞運動後，我簡直比他還累——他是身體累，我是心累，怕得慌。

休息完，他從我身上翻下，調整呼吸，忽然道：「大綺，看我多愛你，都肯爲你打飛機。」我被嗆住，那句話是怎麼說的來著——「做男人就要像金剛那樣，站在世界最高樓的樓頂，爲心愛的女人打飛機」，和一這傢伙，人不好好做，居然學起大猩猩來了。

他繼續抱住我，閉上眼，道：「睡吧，今晚我就放過你。」我很氣憤，不是氣他話中想在今晚過後對我那個那個的意圖，也不是氣剛才他把我當A片看的行徑，而是氣他不負責任——你說，你家萬千子孫還冰涼涼地呈液體狀在我小腹上躺著，你管都不管就直接躺下睡覺，太欺負人了！

據說，和一綁架我的目的是想跟我單獨相處，而他也確實是這樣。自從我在英國醒來後，這孩子日日夜夜都跟我在一塊兒——吃飯在一起，睡覺在一起，看書在一起，散步在一起，有時連我上大號他都在門外守著。但我秦綺的適應能力還算不錯，索性由著他去，要看就看，反正再大的便宜都已經被他占了。

終於在第四天時，和一問我：「大綺，我每天這麼跟著你，你不覺得煩？還是說，你正在醞釀爆發？」我抱著書啃，眼睛也沒抬：「我還滿喜歡你每天這樣看著我。」和一問：「爲什麼？」我答：「因爲，看久了就會有審美疲勞，你就不會覺得我美了。」沉默三秒鐘後，和一微笑，道：「大綺，你多慮了，我不可能因爲你的模樣而愛上你。」

我不言。和一繼續微笑，道：「大綺，生氣就說出來，別憋著。看你，臉都憋紅了。」我暗暗咬牙，怎能不生氣，綺爺我可是難得的小清新，小清新哪！這和一，根本就不懂得欣賞。

和一還嫌傷我不夠，再補一槍：「我並沒有說你長得醜，我只是說，你並不是讓人驚豔型的。你也知道，我們這個圈子有太多美女想要進來撈點東西。」我回道：「我很開心自己用來勾引你的，不是轉瞬即逝的標緻臉蛋，或是柔軟可口、卻很容易下垂的D罩杯胸部，而是長長久久的內心和思想。」和一道：「其實，你的內心也沒有多善良，思想也沒有多深刻。」看來，在這孩子面前我還眞沒什麼優點。

我好奇地問：「那你到底是看上了我什麼啊？」和一道：「可能就是因爲你對唐宋的深情吧。總覺得，已經很少有女人像你這麼傻。」我直指核心：「但你有沒有想過，如果我因爲你而放棄了唐宋，這種深情就不再存在，我吸引你的特質也會消失，這是很矛盾的。」和一看著我，眉眼帶點輕浮與無奈：「是啊，這確實矛盾。」跟他說不通，乾脆不說了，我繼續看書。

和一忽然問道：「對了，你想不想了解唐宋和范韻之間的事？」我頓時警覺起來，這小邪氣的外號可不是亂叫的，這孩子又想傷我的心了，不想給他機會，我立刻道：「不想！」可是哪裡可能堵住他的嘴，和一根本不理會我，開始自言自語起來……

他們兩個是因爲一只錢包在一起的，就是你日記中寫的那樣。之前唐宋並沒有注意到范韻，是因爲她還了錢包給他，兩人才有了第一次比較深刻的交集。這是唐宋親口告訴我的。

和一突然中斷，問道：「大綺，你會不會很氣？要是當初你鼓足勇氣，說不定唐宋的初戀對象就是你了。」我嘴硬地強笑：「男人本來就需要多點戀愛經歷，小處男誰會愛呢？」

和一不理會我，繼續說下去。

那時，我和楊楊他們常到你們學校找唐宋玩，有一天他忽然把范韻介紹給我們，說是他的女朋友。說實話，范韻這種類型的女孩子確實比較讓我們這個圈子的男人著迷——她長得不錯，脾氣好，獨立有風骨，更重要的是她家庭環境不好，父親長年臥病在床，靠母親一個人工作養育她。唐宋曾經告訴我們，范韻從小穿的都是表姐的衣服，他第一次帶她去買衣服時，她輕輕說「這是我第一次穿新衣服」，對我們這類衣食無憂的男人來說，聽見這句話很容易就陷進去，會想照顧她一輩子，唐宋陷進去了，楊楊也悄悄陷進去了。

他們兩人順順利利地交往著，一起上課，一起唸書。想來，唐宋就是撞破腦袋也想不到自己背後會有個你。唐宋的父母一開始並沒有干預他們，因爲覺得這兩個人年紀還小，成不了氣候。再說，我們這個圈子的人，可以隨意跟人談戀愛，只要不涉及結婚，父母一般不會干涉。

他們倆就這樣無風無雨地談了好幾年，到了大三，唐宋的父母開始察覺不對勁。仔細調查范韻的家世後，跟唐宋談了一次，態度堅決地告訴他，可以跟范韻繼續來往，甚至可以讓她當情人，可是他的妻子必須是他們選擇的人。當晚，唐宋和父母大吵一架，跑出來約我們喝酒。

我自然是勸他和范韻分開，畢竟說得宿命些，這是我們這個圈子裡男人的命，怨不得誰——別人家的孩子熬夜讀書擠破頭考大學，就爲了一個月幾千塊錢的工資做牛做馬，我們卻只要靠父母靠家裡關係靠祖宗保佑，十八歲就可以開跑車，要是還能自己選擇老婆，那可是連神仙都看不下去。

但唐宋不這麼想，他覺得自己一定要對范韻負責。就這樣，他跟家裡不斷地吵架。唐宋的家人甚至去找范韻，逼著她離開。范韻個性也倔強，死要自尊，她開始跟唐宋鬧；那段時間，唐宋眞是心力交瘁。再後來，范韻因爲成績優秀，拿到英國一所大學的獎學金，不聽唐宋的勸阻，就過去唸書了。

兩人相隔遙遠，自然也生出一些縫隙，感情到了這個階段，再吵下去，要嘛分手，要嘛結婚，唐宋自然選擇後者——買了戒指，飛到英國跟范韻求婚，范韻也答應了。之後，唐宋回家向父母先斬後奏，他爸當天晚上就心臟病發住進了醫院，醫生連病危通知書都下了。唐宋只得在他爸面前發誓絕對不會和范韻結婚，事情才算完結。

再之後，他向范韻說了這件事，兩人雖萬般不捨，但畢竟人活著不能只爲自己，也只能忍痛分開。分手之後，唐宋那段時間頗爲消沉，說得具體點，魂都沒了。於是家裡開始替他張羅對象，也活該是這狗屎緣分，第一個就找到你。對當時的唐宋而言，只要是女人都可以，於是你們兩個就成了。

我想，和一說的應該是實話，他把唐宋和范韻之間的間隙說得很清楚，並未做任何努力的修飾想讓我死心。和一總結道：「我說完了。聽完這些，你有什麼想說的嗎？」我搖搖頭，只說了一句：「這該死的緣，該死的情。」

冥冥之中，真不知道是誰在掌握人與人之間的感情，如果真有紅線這種東西，那麼我、和一、瑋瑋、唯一、段又宏、秦麗、楊楊、唐宋、范韻之間的紅線，該是多麼吵、多麼亂。果真是不到閉眼的那一刻，你還真不知道自己心裡會有幾個人。

和一道：「男人是不會忘記自己初戀的，唐宋不可能會忘記范韻。」我好奇：「那你的初戀呢？」和一看著我：「我的初戀就是你。」我本以爲他是在開玩笑，可是他的笑似乎帶著認真。和一解釋：「我對初戀的定義就是『第一次愛的女人』，而不是『第一個上的女人』。所以，我的初戀就是你。」

我沉默。和一問：「聽了這個，有什麼感受？」我想了想，吐出四個字：「深感惶恐。」看見和一的表情，我知道，自己終於贏了一局。

雖說和一並沒有對我用強，但豆腐可是吃了不少。睡覺時就不用說了，上下其手還算是輕微的。有時我坐在沙發上，他想來沒事就要過來捏一捏。我越反抗他越來勁，而且好幾次我都徹底感覺到他家小和一昂首挺胸、劍拔弩張，由於害怕自己被那個那個，最後都只能忍辱偷生，任他摸去。

這小日子過得還眞憋屈，只能將希望全部寄託在自家老公身上，希望他快點趕來，英雄救個美。可是左等右等，這唐宋就是沒影子。「等不及了，求人不如求己。」——某天我看見和一的手機時，突然生出了這個念頭。

爲了防範我，這屋子裡唯一能和外界進行聯繫的就只有他那支手機。可是要拿到卻不容易，因爲我們睡覺時，和一便將手機放在管家那兒，以防我半夜偷偷起來打電話。所以一直以來，我都沒能下手。

巧的是，這天下午我在溫水游泳池泡水，和一在旁邊看著。陽光和煦，不多久他就瞇上了眼睛；更巧的是，他的手機就放在旁邊的小桌子上。我開始用最小的動靜起身，一步步地靠近，悄悄伸手拿到那支手機，迅速撥通唐宋的手機號碼；說實話，心情還眞激動，心臟簡直快跳出胸腔，耳膜都被震得生疼。

就在電話剛響一聲時，我忽然覺得頭皮發麻，還沒來得及抬頭，手機就被扇到地上，抬眼，便看見和一的幽暗雙目。沒時間跟他計較，我手腳並用，朝那支被和一一掌打到池畔的手機爬去。

人在危急關頭果然潛力大激發，我活像一條泥鰍，「咻」的一聲滑了過去，緊緊抓住手機，開始繼續撥打唐宋的號碼。然而事情發生得太快，和一追了上來，想搶奪手機，我自然不給。爭搶之中，他的手肘不知有意或無意地碰撞到我，我身體失了平衡，頭直接撞上了游泳池邊緣。

一開始還只感覺到一股濡濕，待慢慢抬起身子，居然發現眼前一片血色——在爭搶手機的過程中，我秦綺，光榮地負傷了。伸手往自己額頭一摸，滿手掌全是腥紅血液，簡直怵目驚心，比青春期第一次來大姨媽還可怕。

和一趕緊衝過來抱住我，查看著，安慰道：「沒事沒事，我們馬上找醫生。」我泣血控訴和一的暴行：「你是不是男人啊？居然把女人打出血來！」和一正色道：「第一，我眞的不是有心碰撞你，畢竟任何競技遊戲都有發生傷害的可能。第二，大綺，要是你乖乖的，別做出格的事不就好了嗎？」說完，將我打橫抱起，快步走回臥室，一邊要管家找家庭醫生來。

我發狠道：「要是我死了，一定拉你當墊背的；要是我毀容了，一定拿刀劃壞你的臉。」但我這威脅還眞是有氣無力，畢竟出血過多，頭有點暈。和一將我平放在大床上，先用乾淨毛巾爲我按住額頭：「放心，我們兩個這輩子槓上了，誰也離不開誰。」

躺在床上，失血過多，天旋地轉，幸好有家庭醫生快速趕來替我止血，整間宅子好一番忙亂。我秦綺的心理素質確實不錯，沒等他們弄完，便直接暈過去了。

醒來時，天都黑透了，而我則躺在躺椅上；準確地說，是躺在和一的懷裡。畢竟是女人，我立刻問起最關心的問題：「我毀容了嗎？」和一用拇指輕輕撫摸著我的臉頰，聲音頗溫柔：「放心，只縫了幾針。」

柔軟的天鵝絨躺椅靠在一整片大落地窗前，窗外，異國的天空滿布繁星。屋內沒有開燈，我跟和一就這麼躺著，不知過了多少時間。我任由他抱著，因爲現在確實沒有力氣掙扎，我秦綺就是一小女子，這兩天就當個安安靜靜的人質吧。

太靜、太舒服了，我的上下眼皮開始打架。正準備入眠，和一忽然開口，驚醒了我：「爲什麼要逃呢？」聲音很輕柔，而且不知是否在夜色中的緣故，他的聲音像小孩子般帶點迷茫。

我摸了摸額頭，上面包裹著厚厚的紗布，不禁歎口氣，道：「怎麼能不逃？這裡本來就不是我該待的地方。」和一又問：「什麼地方才是你該待的所在呢？」我回他：「其實每個人都在尋找這個問題的答案，只是現階段唐宋在哪，那裡就是我的家。」我的聲音也很輕柔，因爲夜色，因爲虛弱。

和一歎口氣，輕得像煙塵：「怎麼就不見有哪個女人這麼愛我呢？」我算是做出了一番自我檢討，說：「你跟我的性格太像，只關心自己愛的人。別人再愛你，也是枉然。」和一沒說什麼，不知代表了沉默，還是其他。

我再次要求：「和一，放我回去吧。你這樣困著我，不過是想得到我的心。但是和一，要是我能控制自己這顆心，早就給你了，也用不著受這麼多委屈。但我就是控制不住它，要怎麼給得了你？」世間最難得的東西，正是人心。隔了很久，和一才開口：「大綺，我也一樣。要是能放手，我早就放了。」

我心頓時有點戚戚然。

我看似豁達，他看似不馴，然則我們不過是世間兩個求而不得的可憐人罷了。

和一總算說了實話：「其實大綺，我在帶你來這兒之前，並沒想清楚到底要對你做什麼。只因爲看你躲著我，心裡煩亂，就想，你越是躲我，我越要將你跟我綁在一起。其實，我眞的沒你想得那麼可怕，只是覺得跟你在一起快樂，就這麼簡單。」我眞的覺得，和一身上的危險和邪氣，無不帶有孩子般的任性與韌性——什麼東西讓他覺得開心，就一定要拽在手裡。

和一似乎想在這番夜色中向我傾訴些什麼，他繼續悠悠地說：「以前，我總是不明白楊楊爲什麼對范韻一直念念不忘，我還一直嫌他不夠男人。原來，事情不臨到自己頭上不會知道，對你，我也是欲罷不能。」我沒說話，覺得說什麼都是多餘。這種心情我明白——欲罷不能，對唐宋，我何嘗不是？

和一忽然問：「你知道，我爲什麼會把你帶到這裡嗎？」我答：「你自然有你的理由，我不想知道。」和一繼續揭露著他的另一個計畫：「因爲這裡是英國。」我說：「我沒興趣知道。」和一身體裡像孩子的那個部分又逐漸藏匿了起來：「但你已經猜到了——這裡有你，也有范韻。所以大綺，你覺得，唐宋來這兒，他第一個去找的究竟是誰？是做爲他妻子的你，還是做爲他前女友的范韻？」

我故意輕鬆以對：「可能，是先去看范韻吧，敘敘舊什麼的。反正，我在你手上又不會有生命危險。」和一微笑，月光下，一張眉目細長的俊臉異常柔和：「你眞的這麼想？」我努力點頭：「眞的！」和一伸手，用力捏住了我的嘴唇：「嘴硬！」

以前讀一本小說，女主角在男配角死後哭著對男主角說——「這輩子是他欠我的，還完了；這輩子是我欠你的，也還完了。」因此，我問和一：「你覺得這輩子是你欠我，還是我欠你。」但這孩子不給面子，直接道：「沒什麼欠不欠的，這輩子該還就得還，你要是沒還完，我到閻王爺面前告你。」這下可好，我被綁架不說，腦袋縫了幾針不說，還白白揹了一身債，實在冤屈。

和一用他纖長的手指纏攪著我的髮絲，輕聲道：「知道嗎？大綺，遇到你，我是真的栽了。」我也有點難受，道：「那要怎麼辦呢？和一，我真的不想把事情弄到這步田地。」和一沒理會我的話，續道：「剛才你暈過去的時候，唐宋他們一直打電話來找我，我沒接，但想必根據你撥出的電話，他很快就會查到這裡。」我心裡暗暗一震：「唐宋要來了？」

和一忽然抱緊我，緊得像條蟒蛇牢牢地纏住我：「不要露出這麼開心的神色，你並不知道自己即將面臨的是什麼。」我問：「什麼意思？」和一笑道：「我們來打個賭吧，如果唐宋第一個趕來找你，那麼我就放你回去，完璧歸趙。倘若他先去找范韻……」我看不見和一的表情，卻感覺他的體溫越來越冷，可以想像，他嘴角的笑也是冷的。

我回道：「就算他先去找范韻，那又如何？我也不會答應你什麼。」和一是條冰冷的蛇，他冷道：「放心，我並沒有要你答應什麼。告訴你一件事，我請的私家偵探此刻正在監視著范韻的一舉一動。唐宋若是與她有任何互動，我都能拿到證據。到了那個時候，我一定會大方地把那些證據送給你。」

我吸口氣，空氣冷冽，氣管彷彿有點僵住，說：「就算他們見了面又如何？唐宋和我仍舊是夫妻。」和一不放棄：「你忘了一件事，大綺，人的心是會死的，只要心死了，裡面的人也就死死了。就算你這次不死心，下一次，下下次，下下下一次，你終究會死心。」我問：「一個心都死了的人，你還會要嗎？」

和一捂住我的額頭，輕聲道：「當然要。大綺，你永遠不知道我有多愛你。」他刻意加重手勁，傷口滲出了新鮮的疼。

和一是條冰冷的蛇。

（請繼續閱讀《小吵鬧2》）

國家圖書館出版品預行編目資料

小吵鬧（1）／撒空空著；──初版
──臺中市：好讀，2014.06

冊；　公分，──（眞小說；45）（撒空空作品集；07）

ISBN 978-986-178-317-8（平裝）

857.7　　103002207

好讀出版

真小說 45

小吵鬧（1）

作　　者／撒空空
封面插畫／度薇年
總 編 輯／鄧茵茵
文字編輯／簡伊婕
美術編輯／賴維明
內頁編排／王廷芬
行銷企畫／陳昶文
發 行 所／好讀出版有限公司
臺中市 407 西屯區何厝里 19 鄰大有街 13 號
TEL : 04-23157795　FAX : 04-23144188
http://howdo.morningstar.com.tw
（如對本書編輯或內容有意見，請來電或上網告訴我們）
法律顧問／甘龍強律師

戶名：知己圖書股份有限公司
劃撥專線：15060393
服務專線：04-23595819 轉 230
傳眞專線：04-23597123
E-mail：service@morningstar.com.tw
如需詳細出版書目、訂書、歡迎洽詢
晨星網路書店 http://www.morningstar.com.tw

印刷／上好印刷股份有限公司 TEL : 04-23150280
初版／西元 2014 年 6 月 1 日
定價／230 元
如有破損或裝訂錯誤，請寄回臺中市 407 工業區 30 路 1 號更換（好讀倉儲部收）

Published by How-Do Publishing Co., Ltd.
2014 Printed in Taiwan

ISBN 978-986-178-317-8

情感小說 · 專屬讀者回函

書名：小吵鬧（1）

姓名：______________ 性別：□男 □女 生日：______年______月_____日

教育程度：______________________

職業：□學生 □教師 □一般職員 □企業主管

□家庭主婦 □自由業 □醫護 □軍警 □其他____________________

電子郵件信箱（e-mail）：____________________ 電話：________________

聯絡地址：□□□ ____

您怎麼發現這本書的？

□書店 □__________網路書店 □朋友推薦 □__________網站／網友推薦

□其他____

買這本書的原因是

□內容題材深得我心 □價格便宜 □封面與內頁設計很優 □其他__________

您閱讀此本小說的原因：□喜愛作者 □喜歡情感小說 □值得收藏 □想收繁體版

□其他____

您喜歡閱讀情感小說的原因

□打發時間 □滿足想像 □欣賞作者文采 □抒解心情 □其他______________

您不喜歡哪類情感小說的情節設定

□人人都愛女主角 □女主角萬能 □劇情太俗套 □太狗血 □虐戀 □黑幫

□其他____

最無法忍受的主角人物關係

□父女 □師生 □兄妹 □姊弟戀 □人獸 □ BL □其他__________________

您最常接觸情感小說的方式

□購買實體書 □租書店 □在實體書店閱讀 □圖書館借閱 □在______________

網站瀏覽 □其他____

您喜歡的情感小說種類（可複選）

□宮廷 □武俠 □架空 □歷史 □奇幻 □種田 □校園 □都會 □穿越 □修仙

□台灣言情 □其他____

推薦你喜歡的情感小說作者或作品（多多益善喔）

____

您這對本書還有其他想法嗎？請通通告訴我們：

____

____

部落格 howdo.pixnet.net/blog 粉絲團 www.facebook.com/howdobooks

請填妥後對折黏貼，直接投郵即可，無須貼郵票。

廣告回函
台灣中區郵政管理局
登記證第 3877 號
免貼郵票

好讀出版有限公司　編輯部收

407 台中市西屯區何厝里大有街 13 號

電話：04-23157795-6　傳真：04-23144188

沿虛線對折

填 問 卷， 送 好 書

詳填此張讀者回函，並附上 40 元郵票（寄書郵資），即送您好書

中視八點檔大戲｜傾世皇妃原著小說｜林心如主演

《傾世皇妃（上）一寸情思千萬縷》

定價：250 元

數量有限，送完為止